每個人心中都有一座島嶼，

藉文字呼息而靜謐，

Island，我們心靈的岸。

一公克的憂傷

高翊峰 著　圖．漂流木馬雲童話

獻給我們即將來到這個世界的孩子。

一直都不願意相信，
我會在這個充滿瑣碎的城市裡漂浮。

代序

寫了瑣碎之後

今年，應該會是二〇〇七年吧。

從九八年開始寫小說到現在，悄悄地要邁入第十年了。我跳到井的底部，躲進無法溺斃的水窪深度裡想著，十，這個數字，其實也沒有特別的意義，只能勉強說，接觸小說之後的這個十年，比過去的兩個十年，過得快一些。

一位手裡握著童軍繩的年輕小說家，那天站在書房外的陽台上對我說：「當時間可以用寫了幾篇小說的方式計算過去，你就可以開始思考有關死亡的事了。往後，除了零星與破碎的故事，不會再有更特別的變化。」

他說的這段話，似乎是值得相信的。這個十年，除了一位女人以妻的透明姿態走入我的體內，其餘並沒有真的改變。家族的還是沒有解決。弟弟依舊記得國中那一年我唯一一次揍了他一拳，然後自個兒卻流下眼淚。每一天每一天，妹妹都坐在門口看著來往的路人與不同顏色的車輛，度過只有她能理解與體驗的午後。雜誌社的編輯工作則躲在汽車的里程表裡，從數字的邊緣長出腳，向前走動。想要書寫的小說，三百字一則、五百字一篇、八百字一個故事，像麵包屑般掉落地面，裂成一片片不規則的鏡子，也讓我看見自己被分割的身體，以及在那裡頭沉睡的妻。

關於我的種種，以這種零散瑣碎的方式虛構，似乎不會不妥。

發現這個事實，是因為一本本的記事本。

特別是二〇〇六年的記事本。

這一年，我留意到身邊事物被遺忘的速度比過去來得快一些。我盡所能地速記那些從路燈上飄落的逝者毛髮、在咖啡杯裡窸窸窣窣的螞蟻低語，以及夢魘中我無法放手的一條粗麻繩。只不過，一年之內發生了又值得記錄下來的，連一本手掌大小的記事本，都無法填滿。

生命如此瑣碎，有機會留存的，有時比病者短短的微笑或是一次青春的嘆息，更沒有價值。

先說一個故事吧。一個男人畏懼日常生活的故事。

這個男人，一直都待在雜誌出版社擔任編輯工作。因為邀稿、攝影、找人畫插畫、製作封面、可能的一夜情，甚至是突然遇見悲傷的陌生人，懇切請求他記錄他的電話號碼……種種因素，這個男人，學會將一串串的電話號碼，謄寫在記事本裡。他不隨手儲存在手機的電話簿，是因為記憶體的容量遠比記事本的紙張面積小。確實是如此的，九月十五日那天，這個男人便發現，記事本中記錄的電話號碼，已經超過一千通，遠遠超出手機記憶體所能登入的數量。

生活裡的一切，沒有改變，一直到一位錯過死亡的年輕作家詢問他：「請問你的手機號碼幾號？」這個男人才注意到，他就快要遺忘自己的手機號碼了。

為了記住自己的手機號碼，他將號碼寫在記事本二〇〇六年九月二十三日的這一天裡。因為這一天，他寫了一句戲謔：小說與小說家都是真正失去眼淚的優秀小丑。

之後，生活裡的一切，就更沒有變化了。

就在他快要可以忽略死亡的那天，他想到，應該打一通電話給自己，確定沒有忘記自己的手機號碼。當他拿起家中室內電話試著撥打時，應該最熟悉的號碼數字便消失了。取而代之，是那些上千通主人面目模糊的電話號碼，一字串一字串地，從蟻穴裡爬行出來，在白色的牆面上玩弄出圖騰。他慌慌張張翻開記事本，尋找那句戲謔的文字，但這段文字也從二〇〇六年九月二十三日這天消失了。記事本不願意承認有過這一天。不，當他不斷翻閱上一頁，所有在這一天之前寫在記事本的中文字，全都隱形似的，只留下空白的格子。

這個男人真的遺忘了自己的手機號碼。

為了尋找手機號碼，他開始用室內電話撥打記事本上的手機號碼。前三組都變成無主的空戶。第四組，通了，卻沒有人接聽，轉入語音信箱。撥打的嘗試一直重複著，在第兩百零五次的撥號，終於有一通手機號碼打通並有人接聽。

「哪位？」對方有個年輕男孩的聲音。

「我嗎？」他一開始突然懷疑起自己。

「你忘記我了嗎？」對方又問。

這時，他才隱隱約約想起，電話另一頭的年輕男人，就是那位在樹頭上自縊的二兵。

「……我已經死了，你怎麼還留著這支手機號碼？」

他萬分羞澀地解釋著，自己打了上百通陌生人手機電話的原因。突然問，他詢問這位死去的二兵，會不會知道他的手機號碼？

「在這一端，我們也經常找不到重要的手機號碼……」

這個男人只好繼續嘗試撥打更多的手機號碼。接下來，又是空號、無人接聽、語音留言、號碼停用……這些與所有之前與之後的生活，並無不同。他有種被人欺騙的感受，但依舊不停觸壓各種組合的電話機數字鈕。今天是幾月幾號了？就在這個念頭閃過的同時，一旁的手機響起來了。他想不起來剛才撥打的號碼，也懷疑是不是有人在同時撥通了他的手機。手機優美的鈴聲一次次響亮，他擱置室內電話話筒，遲遲沒有接聽。他鮮少這樣，平時即便是週末，這種沒有來電顯示的電話，他也會立即接聽。

這一次，他猶豫了。直到手機停止鈴響，他都處在猶豫之中。

整個室內不再迴盪手機鈴聲了。他讓室內電話話筒擱置在桌面，發著微弱的嘟嘟聲。許久之後，他依舊想不起自己的手機號碼。不知道接下來做什麼好，他拿起一旁靜悄悄的手機，按下通話鈕，湊近耳朵。這時，手機裡有人開口說話了。他聽見了一個聲音跟他一模一樣的男人，在另一端提醒他說：「你難道不知道，你已經死了……」

一如前頭提到的，這只是一個男人畏懼日常生活的故事。

有關畏懼日常生活，我是從一件很單調的事件裡注意到的。

那是在二月的某一個雨天。我坐在書桌前，打開記事本試著寫下什麼，但這一天並沒有什麼值得被記錄。我隨手翻開空盪盪的記事本，直接來到二〇〇六年八月二十日這一天。我對自己說：「今天真的是八月二十日。你終於走到這一天了……」當時間真的來到這一天，會發生什麼事？二月的我其實無法確定。此時此刻，已經來到十月，我將記事本往回翻到二〇〇六年八月二十日。這一天究竟發生了什麼？我連說謊的力氣都沒有。勉強可以從記事本裡獲得的訊息是，二月的那個冬雨日，真的有一個男人望著窗戶上的雨滴，在空白的二〇〇六年八月二十日，寫下一小段：開始了。看著雨滴落在窗戶玻璃上並慢慢走離原點的這件事，似乎比書寫小說更能安慰我。這令我感到恐慌與不安……

日常生活經常無預警拐入複雜的時間巷弄裡。這就是我所畏懼的。可能是因為畏懼，我不停重複告訴自己一個麻雀與鴿子的故事。

曾經有一隻翅膀萎縮的麻雀，每天黃昏時刻，都會在一個鴿舍上空，顛顛簸簸地盤旋。牠在等待鴿子們飛出籠格，一起飛翔。因為麻雀深深篤信，只要每天像鴿子一樣訓練飛翔，自己萎縮的翅膀一定會康復。不管烈日還是風雨，麻雀都會繞著鴿舍，盡量飛出鴿子的姿態。有一天，這片天空裡飛來一隻野鴿子。牠告訴麻雀，這個鴿舍已經廢棄多年了，不會再有鴿子從那裡頭飛出來盤旋鴿舍的。麻雀並不死心，為了讓自己看不見空的鴿舍，牠飛向仙人掌，用粗針刺瞎眼睛，一次左眼，一次右眼，然後，繼續每天每天橢圓形的飛翔與盤旋。直到一位頑皮的孩童，不小心往鴿舍的上空放了一支沖天炮竹，在黃昏的雲朵裡炸出無數的花瓣。聽見那聲爆炸聲，依舊顛顛簸簸的麻雀，這才飛落到鴿舍的簷頂，滴下許多許多的眼淚……

每次重複回想這個故事，我才恍然明白，這十年不過是造物者的一次惡意。祂將一杯混濁的水倒入另一杯混濁的水，同時也將一杯透明的水倒入另一杯透明的水，然後對我說：「現在，將這杯混濁與這杯透明，還原成最初的四杯水。我是指原原本本的那兩杯混濁與那兩杯透明……」

於是，跟在頑童身後的我，只得撿拾從麻雀萎縮翅膀上掉落的羽管與疏毛，虛構分量輕微的憂傷，試著裸露日常生活的惡意與愚蠢。

2007/01/23。台北。新城。

目錄

一公克的憂傷

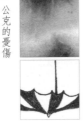

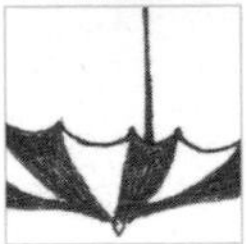

憂傷，關於他

空洞感

稍微清醒，眼前的女人已經跨在我身上。沒有開燈，但觸摸到的緞面睡衣，有熟悉的手感。我的身體是興奮的，但卻困在重複用不同方式醒來的夢裡。女人半跨半趴，兩條光溜大腿，在淡淡夜色下夾緊我。

幾點了？差點，我就說出聲了。

女人握著床頭板，動得更順暢。我配合著女人壓抑的喘息。她前後磨蹭時，房間裡沒有聲音，當臀部上下挪動時，漆黑的房間才發出啪啪啪聲響。

我想起她就是白天不願意開口說話的女性朋友。

幾點了？當我再次把話忍住，她快速扭動全身。我扶住她的骨盤。

喘息加快了，我在黑暗裡看見她張開嘴巴的扭曲表情，但房間裡依舊沒有從嘴巴發出的人聲。

等她雙手鬆開床頭板，身體迅速緩停下來。幾秒後，她躺回到旁邊。這時，我醒過來了，身體依舊還是興奮著。

預示未來的迷宮

站台邊的紅色地燈又開始閃動了。這回閃燈，是我站在月台之後的第幾次？

令我停留的，是一幅P牌的液晶電視廣告。主圖是一張LCD的X光透視片。不同灰階裡有無數電子零件。巨大的標語是「二十二世紀已經提早被解析」。

自許爲一名小說奴役的我，對藏在這則廣告看板裡的時間點感到驚訝。二十二世紀時，我與同輩們所寫的小說，會存檔在哪裡呢？我無法解析。

在這一班捷運載走二十一世紀初的乘客人群之後，我走進廣告的數字——「解析度1920×1080」、「每秒三億七千萬畫素」……

我恍恍然，在下一班載滿人群的捷運進站之前，不停想像，每秒三億七千萬，會有何種畫素？1080P，又會出現哪種視覺？就這同時，我也開始擔憂，與我相同熱愛小說書寫的友人們，能否走進下一班持續往前的捷運？

失物招領

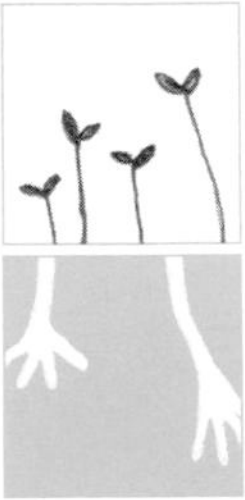

那一天，我在羅斯福路與和平東路口，遇見還在尋找藍色的馬的男子，森。我尾隨他走進巨大的電氣商品賣場。森先在電話機售架前停留，接著又請店員介紹了數位相機，還有電動刮鬍刀。從我假裝觀賞的液晶螢幕裡，森的表情，正在尋找什麼，而且浮現焦慮。

「如果……有人在你們這裡……掉了東西……要去哪裡找？」森斷斷續續問。

「你掉了什麼東西，什麼時候掉的？」

店員注視森，遲疑許久，突然一副了解地說：「你是習慣用寫的，對不對？」

店員邊說邊抽出一張便條紙，遞到森的面前，「先生，你寫下來，我幫你問問看。」

這時我偷偷經過森的背後，看見便條紙上寫了一個名字。一個已經家喻戶曉的小說家的名字。森說了謝謝，準備離開。

就這時，森他看見我了，就只有這一秒。

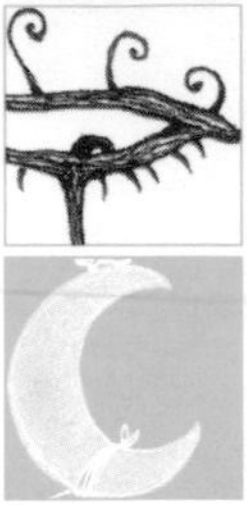

時間的客人

我坐在那已經買下所有權的捷運位子上。換取的代價是必須注視每一個走進車廂的乘客。一連好幾個星期，我看著進進出出這個城市的臨時搭乘者，昏昏欲睡，無法提起精神，直到某日，一個穿著花布旗袍的老婦人出現。

她在捷運發出啾啾啾的催促聲時，向氣閥門小碎步奔跑過來，臉上滿是羞澀緊張的微笑。那只用金鍊子掛在她胸前的老花眼鏡，放大了至少有六十多歲的臉部皺紋。在她磕磕磕著矮跟鞋踩進車廂的同時，我注意到老婦人腕子上圈著Dior今年的白色皮表帶鑲鑽手表，手臂上勾著村上隆爲LV設計的提包。

然後，就在氣一聲門闔上的同時，老婦人一手握著扶手桿，隨著捷

運啓動時的拖力力量，逆了方向，旋轉了身子一圈。
哎喲。她，老婦人嬌嫩的這一聲，竟然如此華麗。

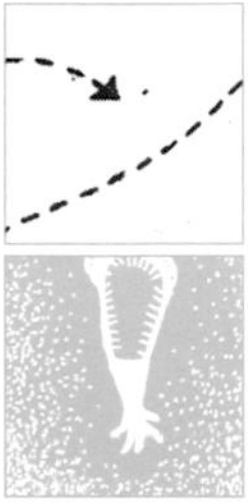

適合悲傷的時刻

冬天天剛亮的時刻，我來到一家初次造訪的日式咖啡廳，點了燻雞肉三明治與美式咖啡的早餐組合。吸菸室裡沒有其他人，只有童妮・摩里森的《寵兒》、沒有名稱的鋼琴伴奏音樂，以及我，想著一篇女人服用K他命的小說的下一個字。她用藥，盡力避開生命無可避免的崩解。如此而已。

在我沒有用心關注的某一秒，音樂開始變得緩慢。非吸菸區幾位上班族的早餐談話出現在中間的阻隔玻璃門上。接著，緩慢的幾秒裡，父親母親以及妹妹，出現在對牆上的鏡子裡。他們三個背影，在某個入夜後的國小操場上，一步一步繞著巨大的橢圓形跑道行走。他們沒有手電筒，也找不到終點線。接著，是年邁的外公獨自坐在一桌豐盛的年菜前，沒有筷子。最後出現的是逝世多年的外婆，她用無聲的嘴型說：

「放心，一切都會很好的。」

晨間新聞時，一位小說家的緋聞被電視報導出來。美麗主播沒有說出小說家的姓名，只用了形容詞：「知名的」。因爲工作，我留下看似沒有困在夢魘裡的妻，前往社區巴士站。

不知爲何，前往公司的路上，我一直處在憂慮裡。

早餐之後，我將憂慮具體化。原因是「知名的」「小說家」這六個字兩個詞彙的定義問題。

午餐時刻，我特別找了一家有電視機的小吃館，等待下一步的新聞發展。

官員持續學習明星如何面對鎂光燈，藝人則努力說出具體也得體的笑話，避免暴露了小丑眞正的悲傷……終於，我在螢幕跑馬燈上看見小說家的緋聞，依舊只有「知名的」，而且只剩下文字字幕。

入夜回到家中之後，妻依舊還沒醒來，我吃著便當，打開電視電源，再一次等待那令我聳動的小說家緋聞。

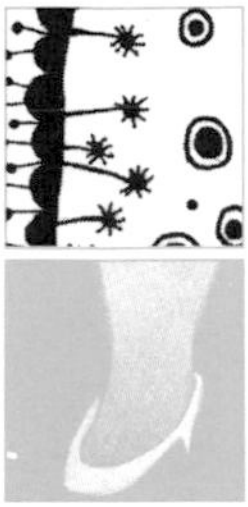

坐下來。之後

有那麼一次，我在台鐵的捷運轉換售票口等一位陌生女人。

早晨8：30左右，搭火車往北往南上行下行的通勤上班者，比我想像的多。人群在火車售票處排成人龍，輕微地晃動著。在投幣式售票處買完票的人，快速晃動，奔入剪票口，變成許多模糊的線條。

我向後倒退行走，極緩慢，直到圓形的石柱扶住我的背，才發覺自己必須要坐下來。之後的世界，只剩下繫皮帶的腰、不同曲線的臀部、有絲襪的腿，以及各種顏色的鞋子。呼吸慢慢穩定了，我聽到我的火車班次已經進站。廣播用不同的語言催促著，陌生的女人還沒有來，奇怪地，我並不擔憂火車即將駛離。

這時，我注意到另一根柱子上，也有一位年齡與我相近的男子，靠著圓柱，坐落地上，擁有相同的視線高度。

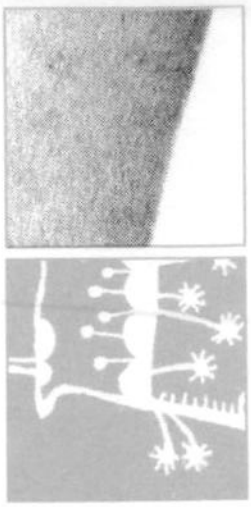

艾米可・Amico

一位入伍時期的朋友，智，在新店開了一間兒童繪畫班。二○○五的開幕當天我與妻前往，爲了要買什麼樣的花卉，當誌慶禮，我們有三分鐘的爭議。最後我們的決定是蘭花花卉。捧著蘭花進門時，有些過往浮現了。

智那位青春時期常有憂愁的妹妹，蛻變爲美麗成熟的都會女人。那位不停啓動電動裁縫平車、修補衣褲的阿月，智的母親，因爲智的一兒一女，也滿臉喜悅。當然，她還是不停地操作著那台落在二○○○年的加工平車。

找到椅子坐下後，一位部隊中的友人，開始一系列說著有趣的成人笑話，就像一九九八那一年一樣。整個下午，明亮的畫室裡充滿了孩童的奔跑與哭鬧聲，還有那些聽起來有點陌生的，我自己的笑聲。

離開前，我問智，艾米可是什麼意思。智回答，Amico是義大利文的，朋友。

充滿假設的記憶體

其實，我有兩支手機，不過只有一組電話號碼。

一支是弟弟不要的，另一支是父親買新機時汰換的。使用手機最迷人的，是可以在電話簿功能裡發現許多只見過一、兩次面，卻擁有聯絡對方可能性的電話號碼。也因此，我將不同程度價值的電話號碼，分別儲存在兩支手機的記憶體裡。

就這麼交換使用了兩年左右，最近，我開始發現可以漸漸不用其中一支手機了。因爲它響起的次數越來越少。我試著將這支手機完全擱置，幾天幾星期都沒有充電，直到電池乾耗。

數個月後，不管我用什麼方式，都無法讓螢幕再度亮起螢光。這幾個星期以來，我確定這支手機完全壞死，也意識到可能無法再聯絡上某

些人之後，我才稍稍鬆了一口氣。而接下來的日子，應該就可能以一支手機的方式，繼續下去了。

對空間的信賴與不安

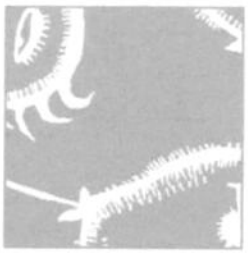

這是第二千四百五十三次，坐捷運前往一個地方。我知道，今天會搭乘第二千四百五十四次，返回。在這樣的往返中，時間的腳只能在移動的車廂裡行走。對此，我無力也無能對抗，已經習慣。

今天的也是滿座的，不過因爲暑假，整節車廂都是年輕男孩與女孩的臉孔。他們的短髮油亮高翹，T恤寬大，球鞋潔白新穎。她們的長辮子過肩，內衣肩帶與短褲緊繃著。可是，並沒有人對話。至少我所在的這節車廂沒有。

我小心翼翼打量這些一樣是黑頭髮黑眼珠黃皮膚的男孩女孩。詭異的微笑在一張張細緻的嘴角邊彼此傳遞。

有人開口了。男孩女孩一開口，無法停止，但我卻無法聽懂這些對話內容。因爲那是大量而且快速的美利堅國度的發聲。於是，我在前往的車廂裡，對必然的返程感到氣憤。

隱性病徵

我的指尖，特別是食指與拇指，又出現氣味了。

一開始是妻從夜市帶回的煙燻雞腳的味道。鹹鹹的十分搭配啤酒的煙燻味，在指尖停留了五天，用任何品牌的肥皂都無法洗盡。

煙燻味一直跟著手指靠近我的鼻子。

一星期之後，我甚至確定手指有它自己想要的氣味。

接著出現的，是在便利商店可以買到的玉米三角片的起士調料氣味。這種起士氣味，躲在我不知道的手指部位，也將近一星期才慢慢消失。當我努力回想過去七天來有沒有吃起士口味的芝多司時，手指又開始生出乾蝦米泡過水的氣味，而這回我很確定，這幾天內並沒有下廚，也沒到家樂福大潤發這類地方。

這些氣味一定都藏在指甲縫裡了。於是我開始不停剪指甲，直到妻發現它們都在流血了，那些氣味才又突然不見。

彷彿贖罪的過程

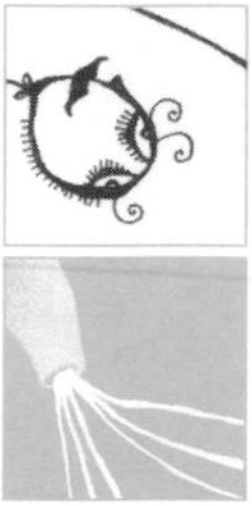

工作有所異動的事，近來成爲安慰妻的理想理由。於是數個月來，我如同一個幌子，每日移動，在捷運七張站看著那位小腿肚美麗的女子，走進車廂，並在古亭站一同下車，或前或後，搭上手扶梯緩緩攀升。然後，我會看見那家位於出口處外頭的早餐店「陽光深呼吸」，但我不確定她視野裡的世界。

刷過感應卡出站後，她往右，我往左，固定如此。

小腿肚消失，我便走向陽光深呼吸，向那位兩隻手臂全都是燒燙傷痕的老婦人說，三明治和奇異果汁；等待那位手腕有一條巨大類似蟹足腫肉瘤的年輕男子，將早餐打包；並在找零錢的空隙，注意那位在內牆平台上重複用手工搾汁機擠壓半剖柳橙的中年女人，想像某種形狀的疤會出現在她身體的哪個部位；甚至也想像，自己突然就這樣走進捷運站，回家了。

憂傷究竟值

我開始猜測A君是不是我所認識的人，始於A君問我，爲什麼你的文字有許多刻意的憂傷？因爲這樣的質疑，我幾乎確信A君陷入了我不認識的憂傷裡。思考如何回覆A君的那些天夜晚，我前往幾家不同的小酒館，將它們區分爲——「適合一個人來」、「可與朋友一起來」等不同功能。之後，A君又說，眞正的小說家，是隨時都準備好在文字裡爲自己收屍的……

A君如此爲他與我做出猜測，但我卻還沒有找到「適合與A君一同喝酒」的小酒館。

我只能推想，我們同樣面臨了不知該對什麼人說什麼話的窘困。終究，我向A君坦承自己待在台北這個城市裡的憂傷的重量，試著換取些

微的共鳴。但這所有的交談，卻都只能在部落格的留言板上，以沒有溫度的文字進行。

無法想像

最近認識一位聽力受損的新朋友。她說自己不是天生的聾子，是兩年前車禍後，才漸漸發現耳背的情形越來越嚴重。最近，幾乎就要完全聽不見了。但她依舊去華納威秀擠晚場首輪電影，到玫瑰唱片用大罩耳機試聽五角最新的Rap，星期五深夜還是跟朋友到東區最熱的Clubbing，讓溼淋淋的皮膚被巨大的黑色喇叭震動。

她說，現在的生活跟耳聾之前沒有不同。這令我十分疑惑。她解釋說，並不是車禍發生時就失去所有的聽力，聲音是在這兩年之間慢慢消失的。所以，公司同事已經習慣傳紙條給她看，會議內容也是開完之後再看E-mail寄來的紀錄整理，就連父母親都發展出一套屬於他們自己的溝通手語。

眞的什麼都沒有改變？我仍舊懷疑。
嗯。只有男朋友離開了。她說，因爲他無法想像。

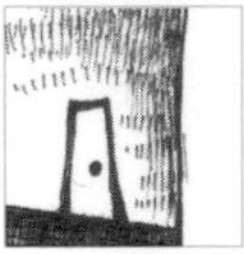

走過帽子

在西門町，靠近傍晚。每天這時候爲了買咖啡，我走過西門國小的圍牆。不鏽鋼長椅坐著一位發呆的男子。經驗印象地，他，必然蓬頭亂髮，指甲必然積著黑垢，衣褲鞋子必然補有破處，但不必然會擺一頂倒蓋著的帽子。

今天這位，我比較不眼熟的他，是有帽子的。

我走過時，瞄一眼帽子洞，裡頭空空的。我想起一個聽聞：他，必然會先在帽子裡放些錢幣紙鈔。但，他沒有。

念頭過去，我已走到國賓戲院門口，我想到校門口幾個落單學童，然後往回走。靠近他時，一位有西門町老居民長相的男人，丟了佰元鈔票到帽子洞裡，瀟灑轉身離開。他，則頻頻揖身點頭，不知幾回。

我駐足幾秒，沒聽見謝謝，也沒聽見不客氣。再環視還在等待的學童後，我再次走過，他和那頂帽子。

被遺棄的一方

哭聲從一位混血女孩身上傳來。已經靠近午夜，中正紀念堂捷運站，空盪盪，只有三五個人。哭聲，嚇著了在讀小說的我。一位年輕的外籍女子，在混血女孩身邊。她黝黑豐滿，挾著一袋裝了奶粉奶瓶和紙尿布的側背袋。

某地來的傭人吧！我猜測，直到她大聲罵「不要哭」，那語調，我才確定了什麼。

「再哭，我就不帶妳去找爸爸！」

混血女孩繼續哭著。

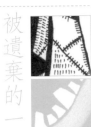

「不要再哭……要哭，我就把妳送給妳那個媽媽。」

外籍女子說「妳那個媽媽」時，特別火怒。混血女孩被驚嚇，嘶聲啕哭，猛搖頭說不要。我闔上小說聆聽時，月台邊緣的地紅燈閃映，末班車也進站了。我走進車廂，那外籍女子也獨自走進車廂。

哭聲還留在月台上迴盪。車門並沒有馬上關閉，我不由自主地開始緊張起來。

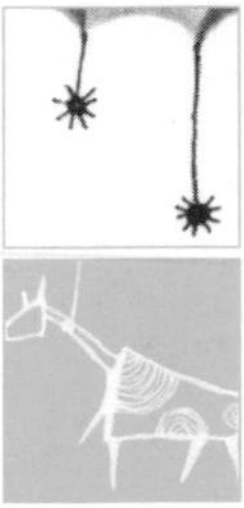

在飛翔之前

我的房子買在郊區山腰，有一個可以遠眺的陽台，中永和美麗的夜景，就在向前跨一步的腳下。我脫去拖鞋，並排整齊，跨步站上陽台的粗石子欄柵。在欄柵上，看得更遠。蜿蜒的黃燈是往淡水的環快。閃爍的招牌是碧潭邊的賓館。那橋頭下有一窪深邃的水潭吸引人向下躺去。

冷風刮過，我想起一則新聞：一對老夫妻由子女陪同去看一所離家不遠的高級安養院……之後，是新聞的攝影鏡頭引我進入那位於五樓的房間。

沒有使用痕跡的床鋪。

乾淨的陽台。

靠在陽台邊緣的椅子。

椅腳旁兩雙整齊並排的拖鞋。

欄柵上的我，閉著眼，依舊看見新聞，也聽見那對子女的哽咽：

「怎麼會……昨天住進來都還高高興興的。」

睜開眼，我想著，從那陽台欄柵上看到的景色，不知道美不美？

處於未明確的

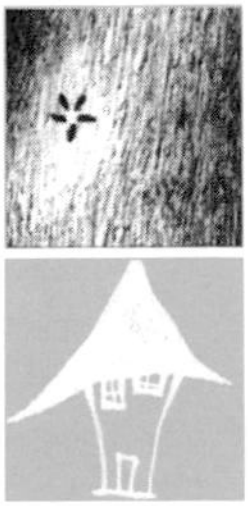

那是一間在師大附近的咖啡廳。妻經常陪我在那一起寫作與閱讀。四月四日這天午後，我讀著報紙，妻讀著收集來的週刊雜誌。突地，妻在我吐口菸的切口問：「有想要生孩子嗎？」

「應該要吧。」我停在報紙上。

「那要幾個呢？」

「一個或兩個吧。」

妻輕輕闔上雜誌。我注意到她的食指還留在那閱讀中的頁面夾層。

「你想要男生，還是女生？」

我看一眼那本週刊雜誌，猜測裡頭可能的報導，頓了一會、皺了眉頭才說：「男生女生都好吧。」

妻將食指抽出縫隙，傾身從背包抽出一張A4列印紙，遞給我。上頭是一則有關寄養家庭的網路新聞。標文是「900寄養家庭擠2000兒童，避風港嚴重不足」。等我看完報導，妻的眼睛已經溼紅汪汪。

她說：「我覺得，我們很可憐……」

兩種寂寞

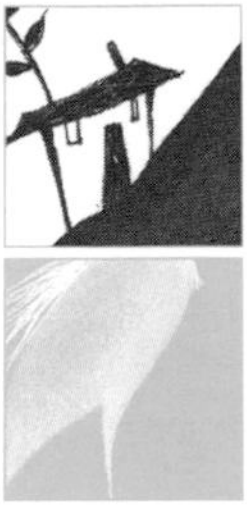

我讀了余華的〈一九八六年〉。闔上書，凌晨兩點。客廳吊燈沒亮，餐廳投射燈沒亮，主臥室床頭夜燈也沒亮。我從書房經過客廳餐廳走進主臥，打亮所有的燈。

我開始找內衣褲。不在衣櫥，也不在梳妝台抽屜，一直翻到五斗櫃第三格才找到。進浴室，打開蓮蓬頭。洗澡。水竟然是慢慢才熱起來的。我用溼肥皂塗抹，卻不能觸摸清潔脊椎中段。沖乾淨，刷牙洗臉，抹上刮鬍膏後，發現刮鬍刀擱在那好多天了。

我用水沖過長了霧的鏡子，才看見五官。刮一刀、兩刀、三刀……鏡子裡有比較清楚的長相了。最後一刀？其實不需要，但我想刮乾淨些。泡沫滑了手，刀削起一片肉，沒切斷，攀在下巴。如對〈一九八六年〉

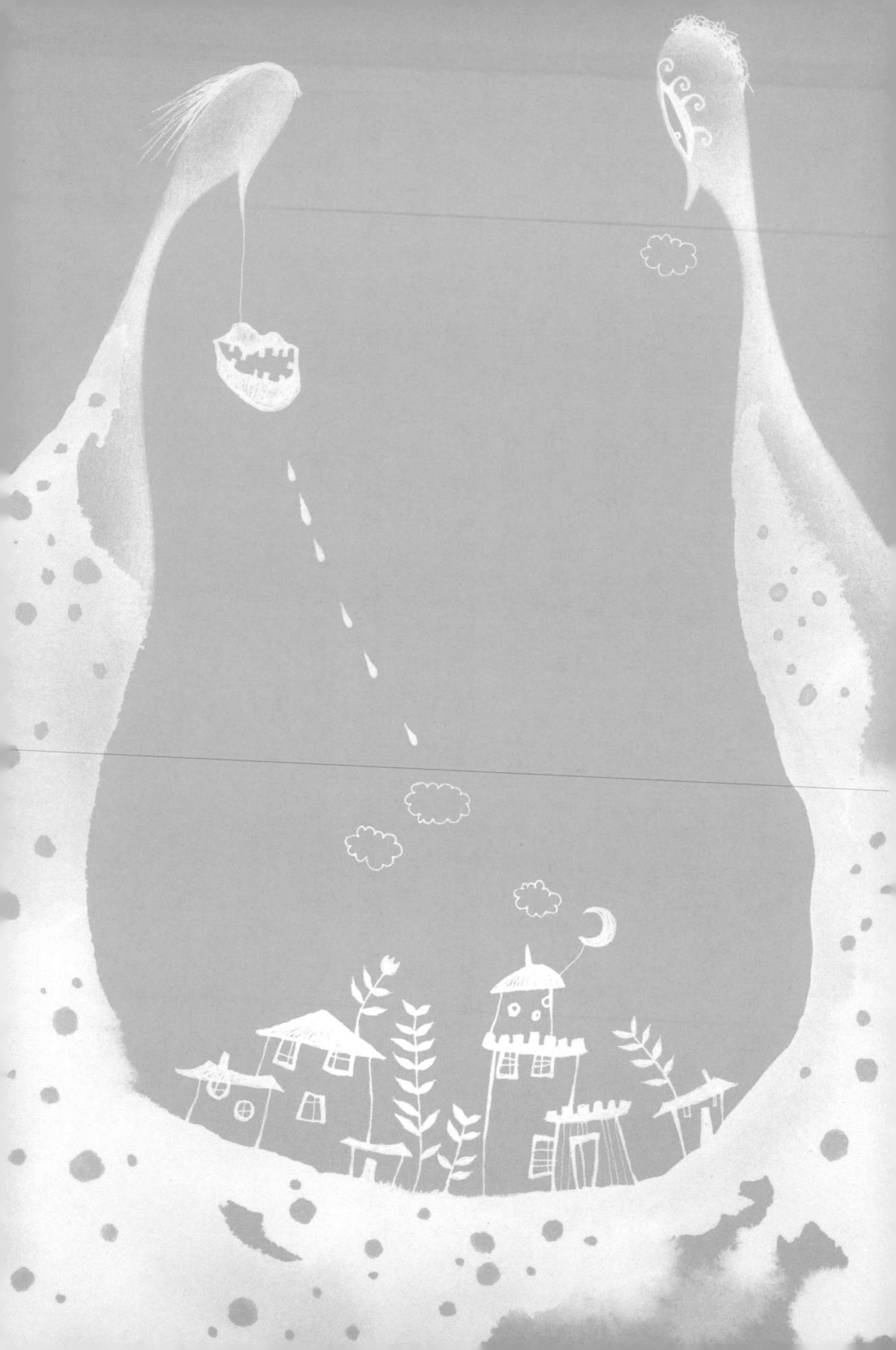

的想像，血是緩慢滲出來的，疼痛要兩、三秒才出現。

我這時才想到，妻好像不在家裡了。

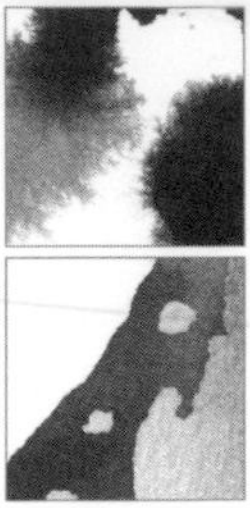

小說業務員

離開時尚雜誌後，我開始要求自己只能到三十五元咖啡的丹堤或怡客。這些地方，是好的，有不會導致我背痛的桌椅，也有同情文字工作者的吸菸區。

每個別人上班的午后，陪伴我的是一群穿西裝打領帶的精英。他們喝著七十元的拿鐵卡布奇諾，加上我不敢點的午茶蛋糕。我抽菸，寫著越來越蠻橫與壓迫我的小說。時不時，我都會抬頭偷看，深怕被這些精英發現我的窘態。

在我眼中，他們抽菸優雅，品嚐咖啡有如貴族，交換業務技巧，毫不吝嗇。下午茶的時間，在他們身上寬裕從容。他們是不熟識卻默契十足的團隊。

幾天下來，到我寫到小說裡「今天」的這一天。我放下筆，思索，如果從此不再寫小說，能否勝任這些精英的工作？十分糟糕地，我連一個「應該可以」都無法獲得，即便是使用小說。

瞎子哲學家

十一點，喝了溫開水，沒有幫助。快午夜時，偷偷喝完迷你冰箱的酒，還是毫無睡意。現在，快凌晨一點，我可能又失眠了。注視床邊鼾聲微微的女人一會，我留下她，離開賓館，走到誠品。

這時的東區沒有人。人全都擠到誠品了。我走到文學區，隨手翻看。然後，身旁出現兩個人。睜眼的男人緊緊抓著女人小手臂。他的摺疊手杖沒有展直。

女人抽出一本書說，這是卡夫卡的《變形記》。男人抓著了書，觸摸書皮與內裡。女人便開始解說故事。她說完後問，摸出什麼了？男人看著空氣裡某個我不知道的點，若有若無地笑了。下一本是卡繆的《異鄉人》……

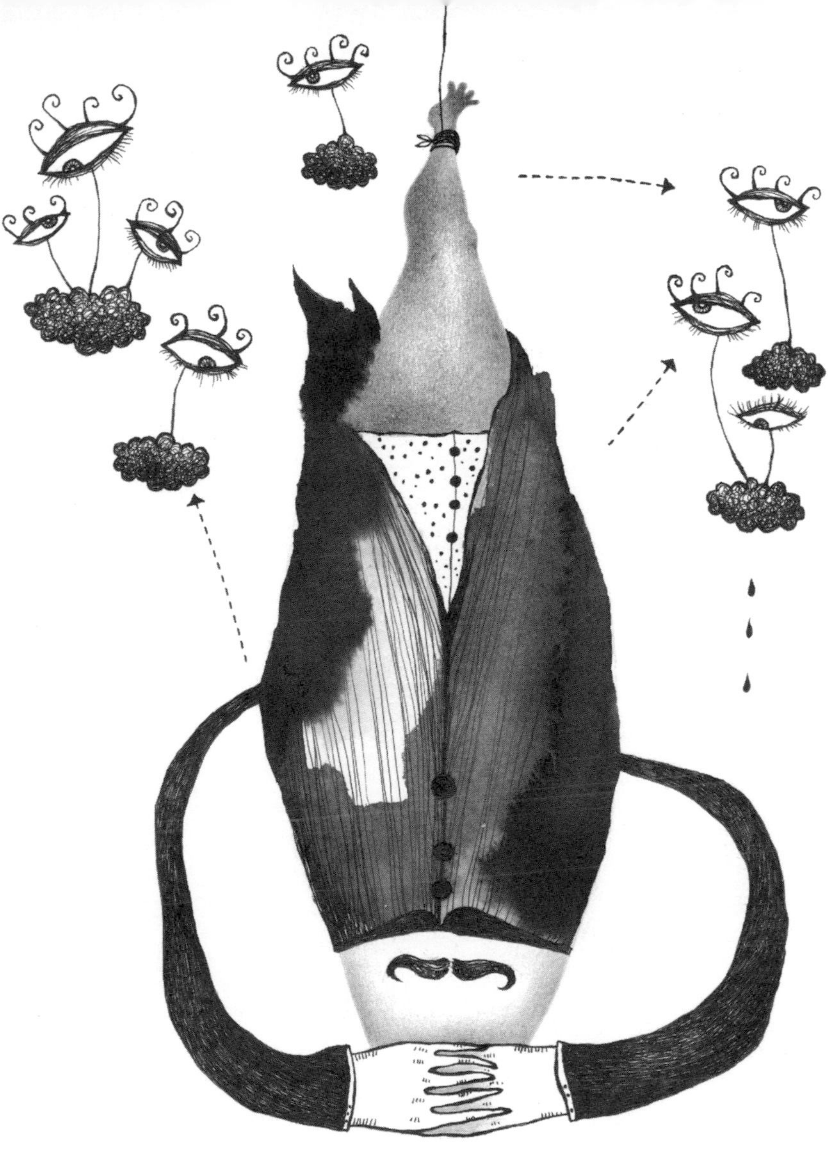

兩人離開後，我偷偷閉上眼睛，用指尖觸摸架上整齊排列的書。

「書是有凹陷的……」

然後，巨大的睡意突然湧來，我感覺到異常的疲倦。

輕的，重的

捷運行駛著，不知過了多久，我注意到座前的落腳地板上，多了新的廣告——一組長得像體重計的貼紙。一張印著「體脂計世界NO.1」，另一張印著「您知道您的體脂肪嗎？」

看著廣告詞，我想起一張全家福照片。

突地，一位國中生站到紅貼紙上說，我又瘦兩公斤了。另一位同學，則跳到白貼紙上說，我才四十八公斤耶。這些話也傳到椅子上一位看來九十公斤的同學耳朵裡。他闔上物理參考書，斜看廣告，如複習背誦般唸著：「體脂計是運用低電流通過人的兩極肢體，測量體脂肪比率的工具，這種不是體重計……相撲選手的體脂肪比，有時比瘦子還低。」

就在兩位瘦同學愕然無語時，我終於確定那張全家福照片裡，有九十多公斤的父與母，一百多公斤的弟與妹，還有被他們遮住身體的我。

尋找的人

因爲要訪問歌手，我到了遠企一樓的午茶區。早到讓我多了一杯咖啡的時間。一位身上布料過分鮮豔、但不算奇裝異服的男子，走過飯店正門外的地板孔噴水池。從落地窗看去，他應該要被水淋溼，但我無法確定。

他的衣服上眞的有大塊溼透的深重痕跡。

男子行色匆匆，幾個快步，走到紅綠燈口，按下要穿越馬路的號誌燈鈕。搶著紅轉綠，他用跳的上了敦化南路中央有樹的安全島。一踩上草皮，他便一股勁往天空瞧，將脖子拉得老長。

因爲他，我也拉長脖子從落地窗往天上看。

天空跟昨天一樣，也跟新店捷運總站上空的一樣。

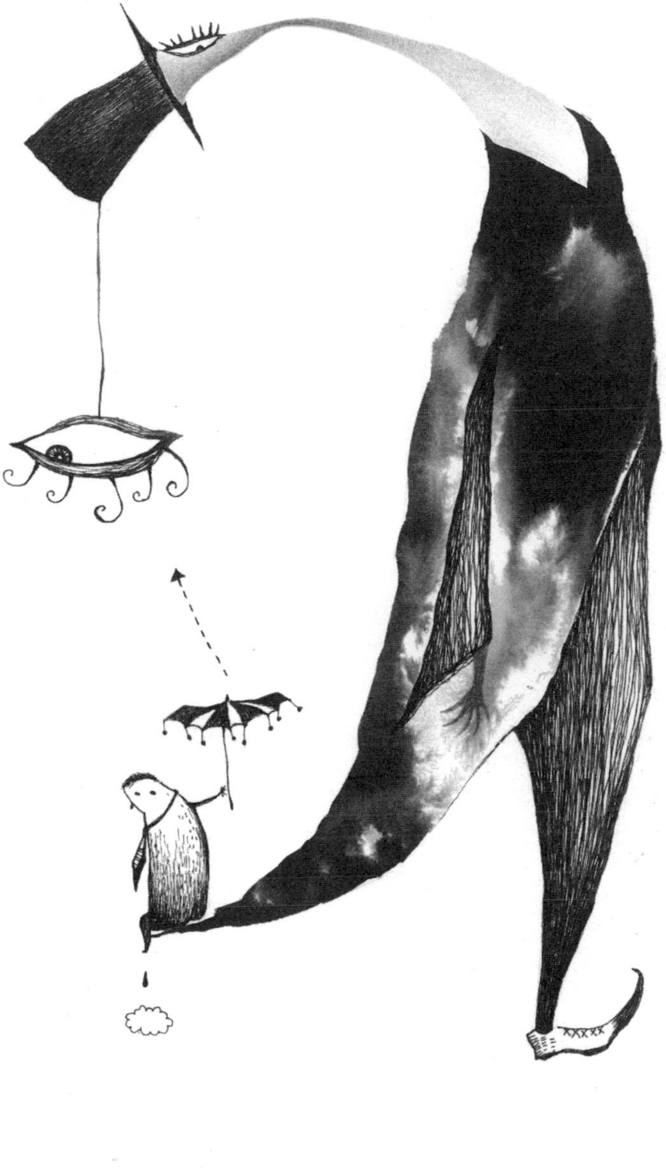

好一會，我回神，向大廳沙發區打探。歌手遲到了。這時電話響起，是經紀人打來說，節目晚錄了，要再一個鐘頭才能到。

掛下電話，我沒有氣憤，反而急急往外尋找那位男子。

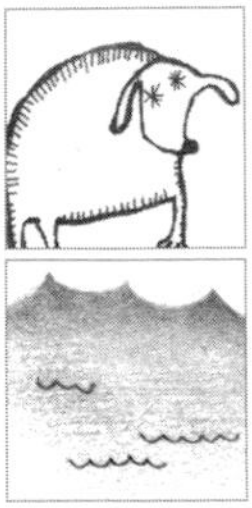

一加一個街景

民生社區是適合一個人走動的。不是深夜，不是清晨，而是晚飯後的九點邊。平均三到四樓住宅與大量的植樹，讓人與空氣都學著穩定。一會黃橙、靛藍，偶爾灰白的雨絲，在雨傘前方落下。

我繼續走著，試著繼續撐著一個不算熟識的女人，幾分鐘前硬塞給我的雨傘。

「你一定要搞成這樣嗎？」

柔和的窗戶傳來電視人聲，但沒有這家人的聲音。一分鐘前，我走過的咖啡廳，窗戶裡的男女比劃著美麗的手勢，也一樣沒有聲音。雨，讓行人不多，不過在街角出現一位遛狗的老人。

他的兩條腿有鬆懈的老皮與嚴重的靜脈曲張。狗，湊近行道樹，翹高被截肢的一隻後腿撒尿。尿一停，狗興奮地用三隻腳原地打圈。老人喝一聲，牽狗走入小巷。我撐著傘，打算繼續再走一段。

無法墜出夢外

終於離開雜誌工作了，進而擁有比較多不知道做什麼好的時間。

我重新拾回在台北街頭走走停停的習慣。

在這樣開始之後，第一個回流到身體的是——走路，成了一段不自覺融入周遭街道的過程。比如，我從台大校門口走入地下道。不知什麼時候施工的，這個地下道已經失去霉味了，幸好，還有那位放卡帶音樂、賣口香糖的老人家。我走出地下道，看見青年眼鏡行，裡頭還是那些服務生，可是都變老了。我拐彎到小巷內，那家賣鹹酥雞的攤販老闆，一樣沒有臉。而那些跑過一次熱油的炸地瓜，在一旁地面堆成小山，超過我的腰。熱熱的油煙飄浮的斜對面，那裡多了一家青蛙撞奶。正在倒牛奶與裝袋的人，不是別人，正是我這般年紀時的母親，以及再

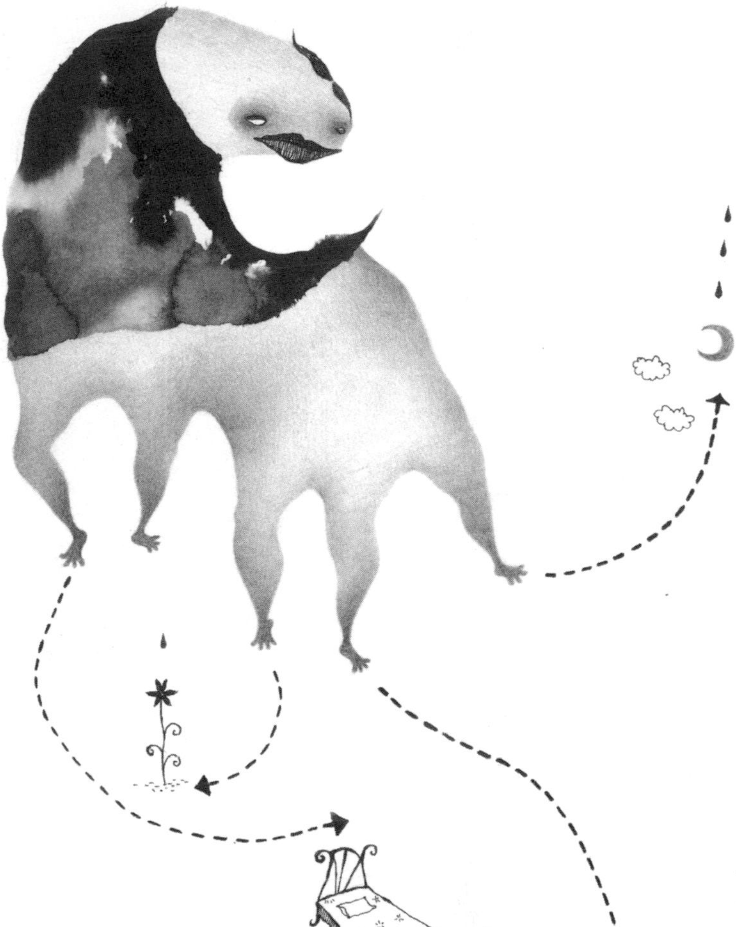

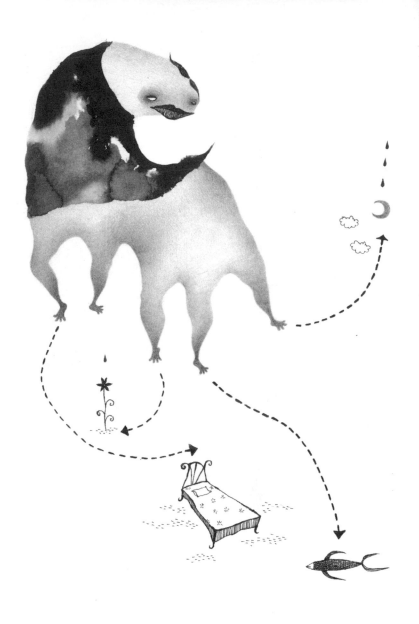

大她六歲的父親。

年輕的父親對我說，再往前一點，不要停。母親擦擦額頭的汗，對我點點頭，笑得有點尷尬。我繼續經過兩家水餃牛肉麵館、漫畫租書店……我看見前頭的警察局，怵然停下步伐。這時，身後傳來的，是母親的叫喊，不要回頭。一次又一次的。

多層次的世代

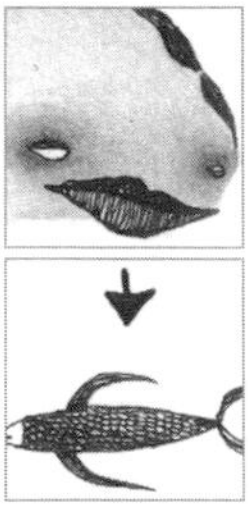

在新店市公所對面，有家令我感到舒服的星巴克。原因是某晚我前往喝咖啡，女服務生親切問候我：「先生，你應該住這附近吧，吃完晚餐，出來散散步的喔。」這位還帶著學生氣息的女服務生，用肯定語氣說出了詢問。

領完焦糖瑪奇朵，我步上二樓。才剛選定適合閱讀的座位，一位衣著不合九月的女孩，也端著咖啡上到二樓。她上身露著胸罩肩帶、小背心，外頭還加套一件牛仔連身裙。裙子裡還穿著多種顏色的韻律服長褲，並把蕾絲襪子包在短靴頭上。

她東張西望，找人，然後選了離我不遠的小沙發坐下。放妥手上物品，她喝了一口咖啡，從包包裡拿出有約翰．厄文小說厚度的英文書，開始閱讀。

她翻閱書頁的速度，恰好讓她活在那本書裡。

約莫半個鐘頭，來了一位穿著高中制服的男孩，招呼都沒打就坐在她對面的沙發椅上，開始閱讀起學校教科書。同時間，女孩闔上書本，留下書、包包這些身外物，什麼都沒帶走地離開了。

她沒有和他說一句話。

一直到接近打烊、我離去的那刻，這個女孩都沒有再回到咖啡廳二樓，坐回男孩對面。

溺死一隻紅螞蟻

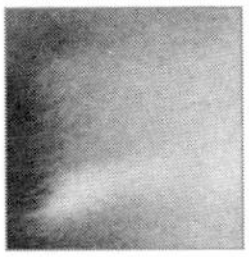

很久之後，我才又走進那家星巴克。

我點了一杯拿鐵，服務生以奇怪的語調快速重複了我的Order。我坐在玻璃牆角，等待召喚。這一次，服務生沒有用相同怪異的腔調叫喚。一個陌生的女服務生，替我送來了拿鐵，還附加了一種男人才會有的微笑。這個微笑讓隔壁桌的男人一直窺看我。

我垂下頭，感覺到心室與身體微微顫抖。

這一切，好像都無法避開。

這時，桌角底爬出來一隻紅螞蟻，緩緩爬行靠近。

我的手依舊微微發抖。我輕輕按了牠一下。紅螞蟻好像斷了兩隻腳。牠還健全的腳，變成我的手。發抖發抖。我再次按了牠一下。紅螞蟻在我指尖黏著兩秒，又掉回桌面。這次，牠和我一樣，抖著軀體。最後，我用指尖的溼氣，再次黏起牠，讓牠掉進拿鐵的白色奶泡上。

一秒兩秒三秒，漸漸地，牠一動也不動了，第四秒，紅螞蟻突然開始在白色泡沫表層優雅地游動起來了。而我的身體，依舊輕微發抖，沒有比先前劇烈，也沒有緩和下來。

單手拳擊賽的記憶

那時還是我被寄養在三合院老厝的年紀。

有一次小學暑假，舅舅買了一對黑色拳擊手套。我被拱出來與另一位長我三、四歲的大男孩，他左手我右手，一人一隻拳套，對打。舅舅當裁判，一群兒時玩伴是觀眾。對手的手腳都比我長，一開始我就被擊中右臉。

我一直被擊中右臉。一拳又一拳。

那短短一刻鐘的拳賽，我無法突然長得比他高，手腳突然長得比他長。我意識這個事實之後，便開始落淚。一直被打中右臉，並不痛，但眼淚就是無法停止。

如同，我頻頻直線出手卻無法擊中他的左臉一拳。

如同，那群觀衆就是不停止地全都爲我加油。

如同，所有已經發生過的。

舅舅喊停的時候，已經是二〇〇五年十月二十日這一天了。

這天，一位年輕的女作家選擇了我終究會知悉的第三個自縊者新聞。獲悉消息的整個白天，我不斷想起這個兒時打拳的流淚記憶，卻無法流出眼淚。一杯咖啡發生，並且過去，慌亂就開始了。我急急關去手機，又頻頻想起曾在一場學生文學獎評審會議說過的話：「在小說的世界裡，死亡並不是悲哀的最大值。」

恐懼的落差感

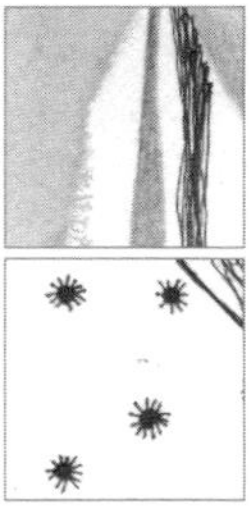

「看到報紙新聞了沒有？是你認識的人嗎？」母親打電話給我。嗯，認識。我在話筒裡聽見，父親在母親身旁咳著菸痰。我說，是妻先在網路新聞看見了消息……那時，凌晨五點，妻依舊醒著，並選擇了叫醒四點才昏昏睡去的我。

「我們家……不可以有這方面的問題……」母親又說。

「爸知道了？」我說。

「是你爸在報紙上看到，告訴我的。」母親說。

「……幫我把報紙留下來。」我說。

「你要留嗎？」母親說。

嗯。我這麼回答。幾乎掛下電話的同時，電視播報出一位年輕女作家因爲憂鬱症自縊的新聞。我離開沙發，請正在閱讀中的妻轉身看這則新聞。我則走回書房。幾天後，友人們因爲這則新聞聚會。在一陣大家努力說笑讓彼此快樂起來的閒話之後，一位友人問道，大家都會去參加公祭嗎？一時間，並沒有人試著回答。直到離去，大家都無法再聊到這則新聞。另一個幾天後，母親告訴我，父親遺失了那張刊登這則新聞的報紙。

這裡舉行著喪禮

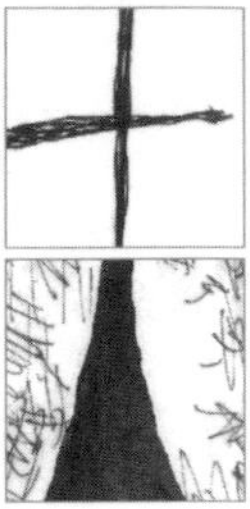

公祭。追悼。這裡確實是殯儀館。

我站在花籃與圓柱的間隙裡，看著逝者的友人一一簽寫下自己的姓名，三個字三個字，沒有多少重複，然後所有人都別上了一樣的白色小胸花。無辜的小花成了不同衣料上的相同浮雕。大部分的人都隱忍著眼淚，只有幾位已經哭紅眼睛的友人臉上，出現短暫的微笑。

「恭喜。恭喜。」我聽到一位男人對另一位女人這麼說了。這位男人的音量十分微弱，因爲這個女人正靜靜地平躺著。一分鐘之後，另一個男人經過她，前傾身體靠近那個乾淨的耳朵，也是輕輕細聲地說：「恭喜。恭喜。」這時，我才發覺，應該是有兩件事在這群人當中發生了，只是大家恰巧在這裡遇見了彼此。

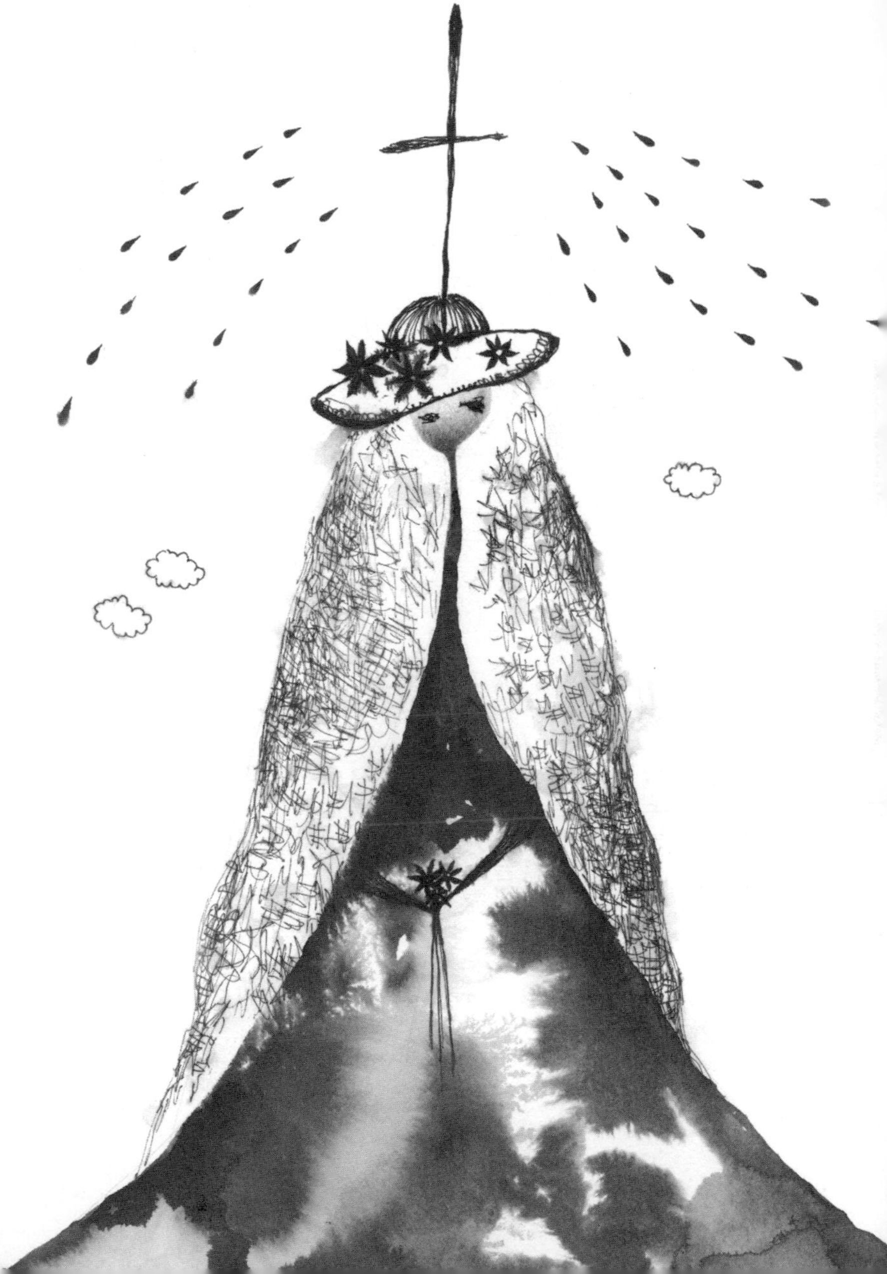

四格漫畫

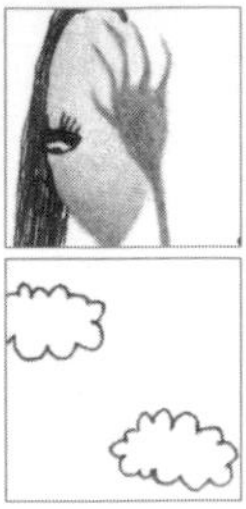

(第一格)客廳裡有我跟一個女人。沙發、電視機都沒有畫上顏色，只有線條。女人坐在沙發上，哭得眼睛只剩下幾條皺皺的線條。眼淚一如只有在漫畫裡才會出現的那樣，像下雨雨滴般，從眼角以拋物線落下。我站在一旁，垂著頭，一臉依依不捨的模樣。只不過，在我左上角頭頂的地方，有一個說話框：「分手吧！」

(第二格)客廳裡只剩下一個女人。眼淚落下的拋物線弧度沒那麼誇張了，淚水水滴也變小很多。女人的嘴角出現了小小角度的微笑。就在她右上角頭頂的地方，有一個一個由小慢慢變大的黑圈圈。最大的那個黑色的圈圈裡，女人坐在公園的長型椅子上。另一個我不認識的男人跪在地上，捧著一大束只有線條的玫瑰花，張著大大的嘴，左邊頭頂的地方有一個說話框：「嫁給我吧！」坐在公園長椅上的她一臉羞澀，微笑點頭。

（第三格）客廳的門被推開來了。沙發上女人的眼淚消失了，嘴角還出現期待的微笑。我回來了，可是，站在門口，只能一臉憤怒瞪著黑色大圈圈裡、坐在公園長椅上的女人。這時，我頭頂上方的一個說話框，被寫下：「妳竟然答應他！」黑色大圈圈裡的女人與那位我確實不認識的男人，滿臉受到驚嚇的駭然表情。

（第四格）客廳只剩下一個人了。我從客廳門口消失了。沙發上的女人也不見了。從被推開的那道門洞外頭，拉進來一個說話框：「不要走！」黑色大圈圈裡的那位男人也不見了，只留下一個從看不見的公園一角拉進來的說話框：「妳竟然還跟他在一起！」這下，就只剩下黑色圈圈裡、坐在公園長椅上的女人獨自一個人。她又哭得只剩下幾條皺皺的眼睛線條。淚水從眼角像雨滴那樣，以拋物線落下，掉在地上一堆被踩踏過的玫瑰花。

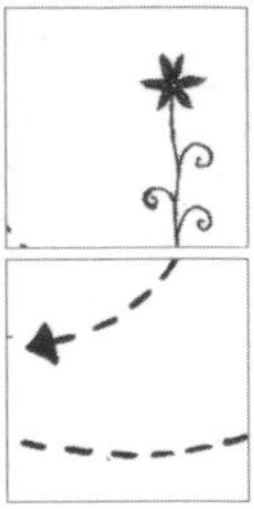

只是一個陷阱？

「hi，你叫什麼？」「我姓林。」「你老人ㄛ！我4說你的代號ㄌ。幹嘛告訴我你姓什麼！」「我沒有什麼代號。我是有點老了，三十多歲了。」「靠，這麼老ㄉ人，要叫你林叔叔ㄛ，難怪沒有msn，這樣用eㄉ很慢ㄟ！」「喔，對不起。」「幹嘛sorry！你ㄡ沒幹嘛！」「謝謝妳肯給我E-mail。」「上次看你老實說。」「妳看到我？」「不是ㄌ，感覺你很老實，沒想到4很老！」「對不起！」「幹嘛又sorry！你這種年級ㄉ每天都在sorry!!!喔，叔叔，這樣的很慢ㄟ，每次都ㄠ等好幾秒，我都快睡ㄌ。」「那怎麼辦？不然我們用打電話的？」「叔叔你想幹嘛？？打電話？那還要玩什麼？0204ㄛ？」「我沒有這意思！」「我怎麼知道你不會一邊聽我講，一邊幹什麼！」「喂，叔叔，你幹什麼停這麼久不e過來？被我說中了ㄛ？」「沒有！」「沒有ㄠ講，不然誰知？」「有這種規則嗎？」「ㄞ，這樣交朋友有什麼規則！叔叔，眞的是叔叔ㄟ。」「這樣啊，不然這樣好了，妳一次傳多一點問題過來，然後我一次回答。」「叔叔你相親ㄡ，還是來電50。」「不然怎麼辦？」「喔！蝸牛ㄛ。怕你了。你做什麼？愛吃？有妞嗎？最近想做什麼？先這樣，我去蹲廁所，十分鐘再回來看。」「我以前是做教科書出版的，最近被開除。愛吃我媽煮的家鄉菜。妞？妳是指女朋友嗎？我一直都沒交過女朋友。大學時，女同學不太理我，我想是我太土的關係！我長的可能眞的很醜吧！最近想做的事，是想認識一個願意跟我坐下講話的女孩子，喝一杯咖啡就好，然後我就可以吃一瓶安眠藥了。」「喂喂喂，你說吃安眠藥4假ㄉ吧！」「喂！你講講話，不4ㄠ跟女孩子講話，趕快e過來啊！」「我還是沒辦法跟電腦講話，這種科技的東西，算了。我不說了。我還是把藥吞一吞好了。」「叔叔，你不ㄠ這樣ㄛ，不然我ㄠ關機ㄛ！」「是嗎，我想也是，謝謝妳陪我聊天。希望妳一切都好。對了，可以告訴我妳的代號嗎？」「靠，這麼想死就去吧！要我代號幹嘛！」「喔，對不起！那再見了。」「掰掰就掰掰！神經病。」「掰掰ㄉ。」

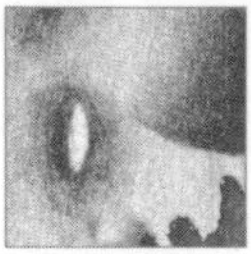

模特兒的呢噥

室外溫度橫在讓綠梗冒青芽與齒牙微顫的程度之間。路人還兜著皮衣，我卻換上白短衫和駝色短裙。冷嗎？一點都不。這個時令的刺寒，就只待在這些走動著的脖子上的紡紅墨絲毛、帶綜綠、滾茶褐邊紋的圍巾裡頭。

季節就織在保暖的纖維裡。

素色皮衣搭上繁彩圍巾是年前冬季的街頭主流，這我早在上個秋分前就做過展示，那些顏色過時了，跟不上巴黎米蘭的腳步，但總被大部分沒時間裝扮的愛好者擁戴。我僵硬固定的嘴唇並不擅長數落人，只是她們和他們總愛睜大眼、貼得近近看著我，彷彿隔著玻璃也能聽到我呢噥那些即將到舖的材質：麻紗、舶來絲、輕磅水洗和全棉加織透汗的人

工纖維，當然，還有早在歐陸降雪前就爲這城市人民決定好的初春剪裁：從蠶蛹裡拉出來的白和不知比例的紅黃綠染料調配出的駝顏色。

看，又一對男女湊近來。那女人身上穿著的，就是去年從我身褪下來的麂皮短大衣，下襬垂連流蘇，陪著左右兩瓣翹臀，盪啊盪，勾引著男人的眼珠，溜啊溜。穿在她身上，我驕傲，可也生氣，因爲如此俐落的義大利版子，她撐到掛出七五折扣牌，才刷卡。那讓只有一個冬季的穿戴時間也打了折扣。

她和他都不懂。這個城市觀看的觀點，只是走得慢一些。

慢

是慢了。伸展台上美麗的軀體在等設計師的潦草藍圖；那些在街頭遊晃的五顏六色，永遠在追逐下一個季節的腳跟踵；就連我，有時也得紅著腮，光著纖瘦、比例完美的身子，等待成衣加工廠女工的剪刀喀喳喀喳和哇哇的電動平車，縫製遮蔽。

追求路人羨慕這事，是該等的。就像我平常做的那樣。站在三塊透明玻璃圍成的方櫥裡，等服務生幫我轉動臂軸、手肘圓輪，套上凱文克萊的簡潔，擺出角度死繃繃的站姿，然後等一位也在等待的人。特別是那些買走放在我腳邊那只路易威登提包的人，懂得購買這事。因那不過是樣配件，但不可侵犯的LV標誌，加上百年了也沒放棄的棗紅加卡其織線格，不管是不是仿冒品，都不會退到哪個季節的落幕後頭。還有登喜路的切割面線條，三宅一生的乾淨漆黑，嗅不出性別氣味的凡賽斯……

等嗎？稍微駐足，愛馬仕的全絲圍巾、YSL的皮質背包，又出現新的樣版。不等嗎？等不等？我定型的嘴巴沒得說，僵硬的肢體更沒得挑釁。什麼材料、什麼材質我都是等的一個。但這個期待可以花樣年華的城市，會等的，就像那些繡著百年標誌的配件，它們或躺或立或靠，一個乾勁，不怕慢了多少個季節。

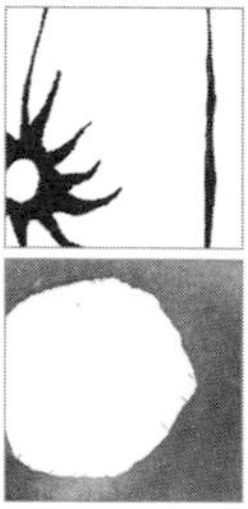

沒有變化的悶溼燥熱

悶溼燥熱也可以是一個季節，長短，不是四到六月，是看我什麼時候願意褪下身上的白T和丹寧牛仔，而這個季節的色調永遠都是白T和丹寧牛仔。

前年，我聽到設計師要有所變化傳言，他們在我身上穿上無袖的白T和刷薄的古白丹寧裙，說是配合全球溫室效應做的改變，特別吻合這盆地型城市的需求。去年，設計師企圖跳脫，在牛仔褲褲管上印寫白色文字，更把純棉白T換成絲麻加紡透氣纖維，甚至把袖子加長到肘，以說明材料的好。

這些種種的變化，讓我同情外頭的路人。

爲了跟上無袖白色T恤，她們得到美體舖子買些會招攬蟻蟲的蜜蠟膏，好把腋窩黑毛撕除；爲了出門上街，她們會在袖長包臂的腋窩裡抹上Tommy的止汗香劑。可是，腋毛在火熱熱的夜裡冒頭，腋下依舊一塊溼漉漉的深色黏上皮膚。

她們和我一樣，都無法分辨這個城市的眞實溫度與天氣。

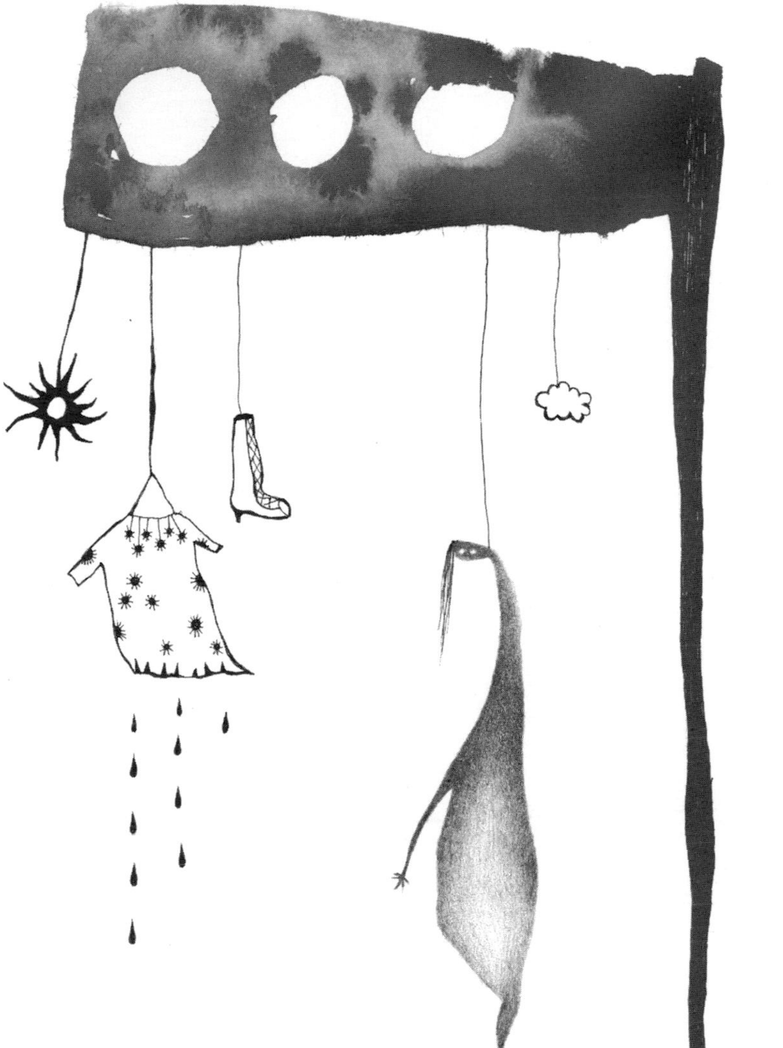

僵硬著等待

我是一個男體人型模特兒。就如你走過櫥窗時，好像看見，又沒看見的。我的關節最近不太舒服，原因是上一回店小妹幫我換褲子時，硬是把膝關節的榫頭扭轉了兩、三度。之後，店小妹就再也沒扳回來了。因爲這隻日益鬆動的腳，我發現，我有了老闆口中的羞愧。最近，老闆打算在櫥窗裡增加一個女體人型模特兒，這羞愧便越來越清楚。

第一位運來的是莉莎。我是這麼叫她的。看她從小貨車上被搬出來，我直覺這就是她的名字。

當莉莎光溜溜擱在櫥窗外頭時，店小妹也脫下我的褲子，換上新一季秋裝。我和莉莎因此裸裎相對了好幾分鐘。幸好，我塑鋼材質的臉不會泛紅；也還好，製作我的模型，沒有性器官，我的私處不會因爲莉莎小小尖挺的乳房而勃起。

光溜溜的莉莎最後並沒有搬進櫥窗。老闆嫌她的左手小手指頭斷了一截。莉莎因爲這一截可能是搬運工撞壞的小手指，離開我了。我不確定看著莉莎離開的感覺是什麼，但我臉上沒有店小妹躲在倉庫時的淚水。

因爲，老闆說她：「妳有沒有羞愧啊？」

幾天後，安娜來了。安娜全身上下都被薄薄的舊棉被包裹著，才被搬下貨車。有了莉莎的經驗，老闆十分小心檢查著。老闆解開棉被時，我才發現，原來安娜和莉莎長得一模一樣，差別只是安娜的左手指頭是完整的。就像立在我旁邊的丹尼，我們有一付完全相同比例的白色塑鋼身體，只是丹尼的模子只到脖子，沒有頭。

沒有頭就沒有嘴巴。這是我唯一理解丹尼不開口跟我說話的原因。

最後，完整的安娜還是沒有進入櫥窗。老闆只是把棉被再次裹著安娜光溜溜的身體。在櫥窗外行人最多時，安娜被搬回到小貨車。她也離開我了。安娜很完整，不是嗎？不讓安娜擺上櫥窗的原因，是好幾天後才知道的。

「我們已經有一個全身的男模特兒了，不需要另一個……我們只要再一個可以穿裙子的下半身。」老闆對店小妹說。

「那女生的上衣怎麼辦？」

「不是還有那個沒頭的，用它就可以了，不然用那個男的也可以。」老闆說。

「男的穿女裝嗎……」

店小妹的質問，是打從我膝關節受傷之後，最感羞愧的一次。可是，我還是不會臉紅。在那之後，過了好久，櫥窗前頭的騎樓，沒有再出現女體人型模特兒，只有不看我的行人……不，他們會看我……只不過，是我身上的衣服。我專心注意每一個關節可以靈活活動的行人。我不看他們身上那些曾經我都穿過的衣服褲子。看著行人在騎樓裡自由地來來去去，我一樣感到羞愧。

不是羨慕。是羞愧沒有錯。

我現在也只有羞愧。我還沒有、也不懂那一次店小妹在換新冬裝

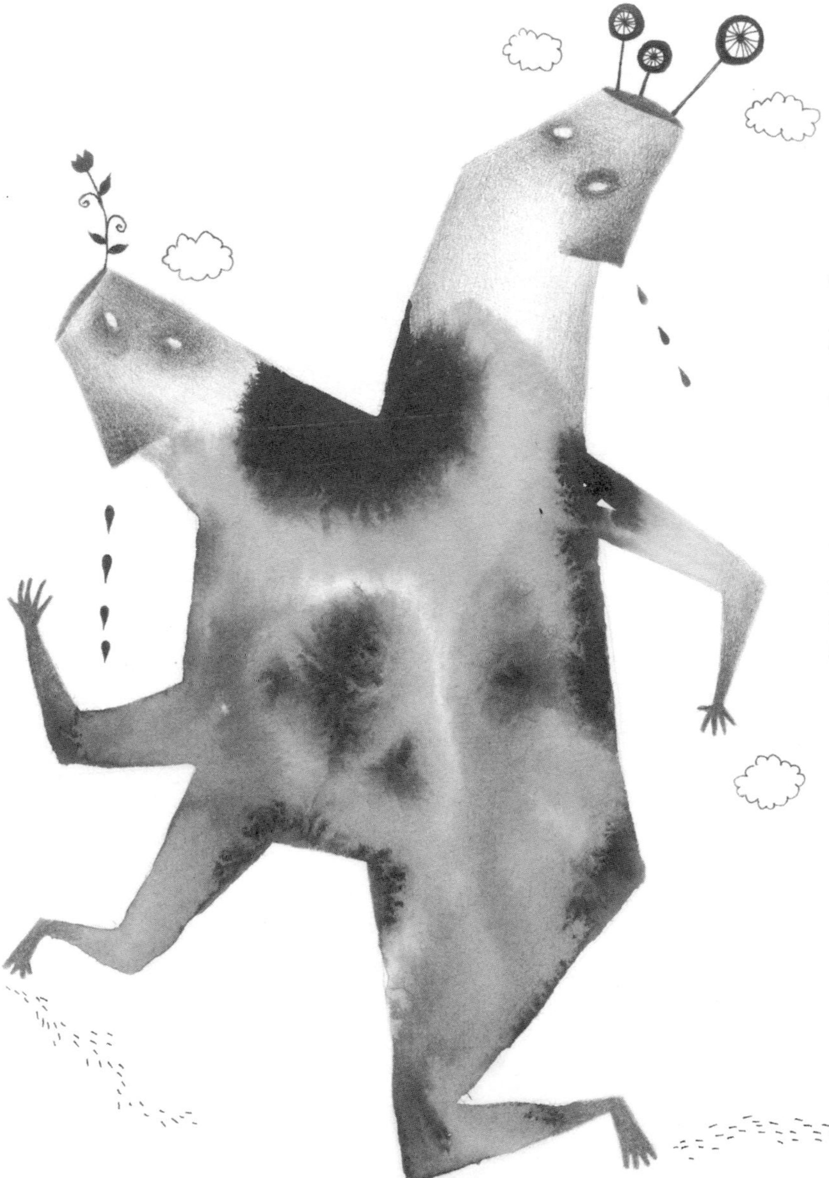

時，對我說的：「你知道你有多幸福嗎？你永遠都是第一個穿到最新衣服的……外頭那些在看你的人，哪一個不羨慕你……」

羨慕？那到底是什麼感覺？跟羞愧有什麼不一樣？我不懂，也不曾擁有過。這些那些，我沒擁有的，還有那個女體下半身，我只能僵硬著身體慢慢等待。

那一天的地下道

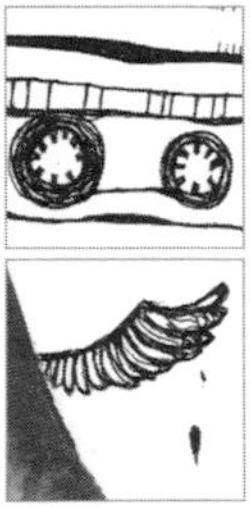

那一天，我跟著許多人一起進入台北羅斯福路與新生南路口的地下道。就在地下道的丁字路口上，老遊民的石膏像還立在那裡。他身上的白色石灰石膏，剝落得比幾天前再多一些。

那一天，我可以看見老遊民髒褲子與衣領的皺紋，以及他脖子的皮膚顏色。上上一個星期的那一天，放在老遊民腳邊的黑色旅行箱的石膏外殼，被時間的蟲子完全啃食，化成了粉。箱子裡的司迪麥和青箭黃箭口香糖，都生出包裝紙的顏色。乞討用的鐵飯盒裡，也無端多出銀的紅的綠的硬幣與紙鈔。而上個星期的那一天，卡式收錄音機的石灰外殼，也完全落盡，並播放出一整天的音樂。

只不過，地下道裡沒有人願意跳舞。

那一天，有人告訴我原因：「會走這個地下道的人，都是害羞的往生者。」話說完，這個人就跑到另一個那一天了。他還帶走了所有原本就不願意進入地下道的人。只留下我一個人，大聲地喊：「那……我呢？」

空盪盪的地下道裡，沒有死者願意同情我，只有我自己的回音，嘻嘻哈哈地回答：「你還活著啊，只是無能爲力而已。所以，跳舞吧，沒有人會看見的。」

我好希望說這段話的人，是那位還僵坐在小板凳上的老遊民。但是，那一天，老遊民嘴唇牙齒舌頭的石膏，都還沒有脫落。我依舊無法分辨出老遊民的表情。我靠在牆邊，埋怨當初捏塑老遊民的偉大藝術家，實在太草率了。他以爲像我這樣一個多餘的路人，不會留意老遊民的喜怒哀樂。

我沒有責怪，不過就像那個人說的，只是無能爲力而已。

於是，從那一天開始，我就一直在這條地下道裡，捏造自己的石膏像。樓梯的角落一尊，走道的中央一尊，老遊民的面前一尊。然而，就

在某個星期的那一天，老遊民突然扭動了頭顱，把頭髮與臉頰的石膏碎屑全都抖落，裸露出無法擁有任何表情的五官。這樣的他關掉了音樂，大塊大塊地剝開身上所有的石膏，並開始收拾身邊的物品。然後，他才注意到眼前我的石膏像，但誰都沒有對誰多說一句多餘的話。老遊民只在牆角寫下自己的名字，之後也緩慢走出了地下道。

短於三分鐘的窘態

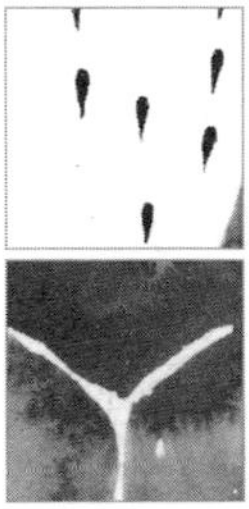

當時的我，正站在新生南路誠品書店的新書區。平面書檯上依舊一本書都沒有擺。但零零星星一直有人圍繞著新書區站立。他們站在那裡，什麼都沒有做。因爲沒有書可以翻閱，大家都低下頭，避免視線交集。突然有位看來與我年齡相近的男人對我說：「請問你是K先生嗎？」

他的音量極小，以至於我的頭與臉都無法轉向面對他。他注意到我的反應之後，才稍稍大聲再問了一次：「請問你是K先生嗎？」但這次，他和我一樣都面對著空的平面書檯。

「你好，我是的。十分抱歉，我不能看著你交談。」我用同等聲量再次強調：「眞的不好意思，請問有事嗎？」

「沒什麼事。只是想確定你是不是那位K先生。」他說。

「不好意思。是的。我是。」

「我看了那部由你的小說改編的電影。還在上映中，你自己看了嗎？」

「眞的很抱歉，那部不是電影，其實是電視單元劇。導演剪了一個電影版。」

「這樣。我記得那篇小說，沒寫完，對不對？」

「不好意思，有這個可能。」

「爲什麼？」

「眞對不起，我能想到的就只有，時間。」

「時間怎麼了？」

「你可能不相信，寫那篇小說的時候，是夏天，可是我沒有聽見任何一隻蟬在叫。」

「……原來如此。這個我懂。」

「謝謝你的諒解。」

「就像這個新書區，一直都沒有一本書擺上來。」

「有這可能……我也在等……」

他發出鼻息，沒有說再見，轉身走到書店另一頭暢銷書排行榜的書櫃旁。接著，我又聽見身後傳來他對另一個人的問話：「請問你是K先生嗎？」這一次，我沒有抬頭，也沒有再試著道歉。

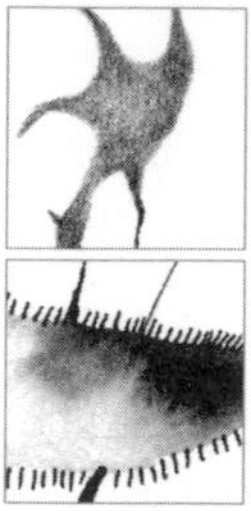

只能依賴數字的生活

午夜十二點的夜，算不算深呢？

我獨自在咖啡廳裡，想著這樣的問題。筆記型電腦還開著，區域連線速度是11.0Mbps，已傳送150,677個位元組，已收到664,842個位元組。我查看網際網路的傳輸狀況，但這些數據都還活著，如同那些家人，無法再幫助我什麼。

深怕好不容易壞死的東西，再度活過來，我請服務生再給我一杯美式咖啡。

「冰的？熱的？」她問。

「哪一種好？」我說。

「冰的，只能短暫止住疼痛；熱的，可以燃燒，但不容易控制……」

「熱的好了。」

在等待咖啡的時間裡，我強迫自己將名字鍵入古狗網站，啓動搜尋引擎，前往所有網站。姓名，每個人都會有一個。我的只有三個字，但顯示出來一共約有三千五百三十筆查詢結果，符合這前後串連起來的三個字。一共費時1.49秒。螢幕上的小游標像一隻躲避死亡的蜘蛛，跳著點選那些與我有關的連結。

在第二杯熱美式咖啡喝完之前，我找到兩位與我同名同姓的人——也就是那三個字的人。

一位是金車公司的研究員。網頁上的資料顯示，他擅長基因抽取的自然科學實驗；另一位是成功高中的學生，他在畢業典禮上代表在校生朗讀歡送詞。然而，「自然科學」與「優秀學生」，這兩名詞，一直一直都沒有發生在我的過去。我看著螢幕上的這兩個我，有點慌張了。我趕緊移動滑鼠，點選那些與我有關的連結，但接下來，所有能夠查詢到的網路資料，三個字，但都不是我。

服務生這時又端來一杯咖啡。

「我有再點咖啡嗎？」

「這杯是我們店裡請客。」

「謝謝妳，可是我不能再喝第三杯……」

「試試看吧，這杯是冰的。」

「不，謝謝妳，」我急急忙忙再次婉拒，並且試著詢問說：「不知道外面是不是已經夏天了？」

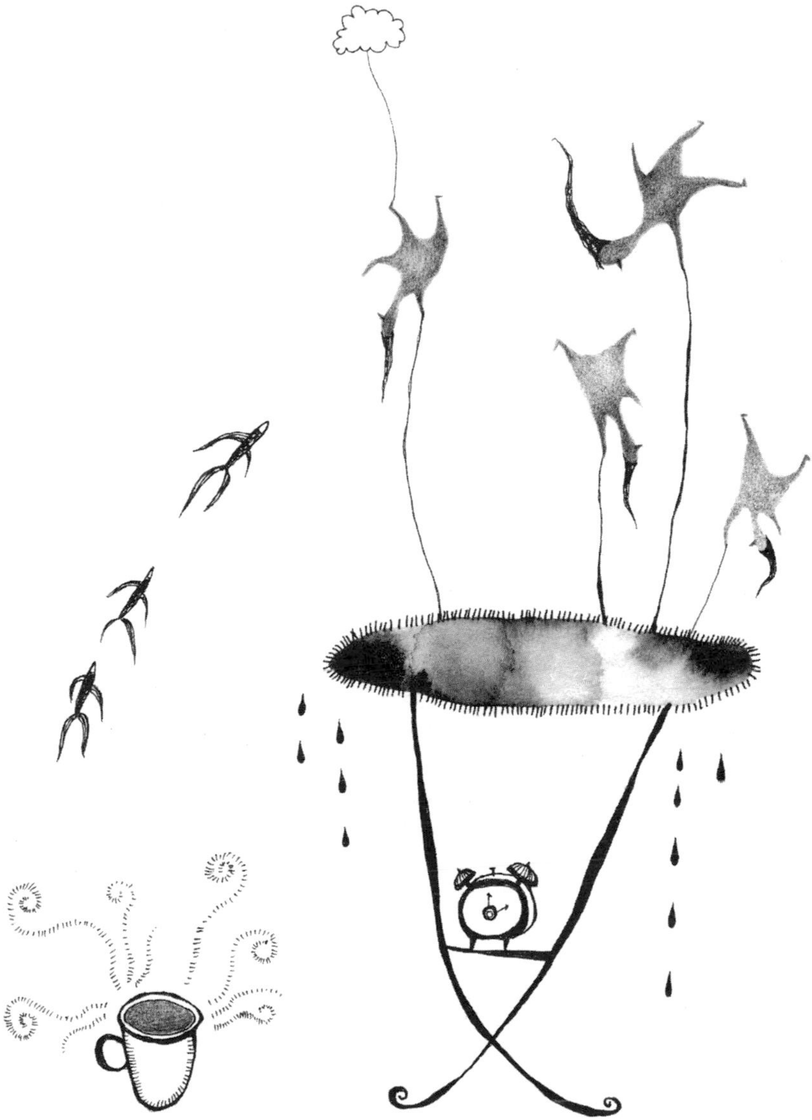

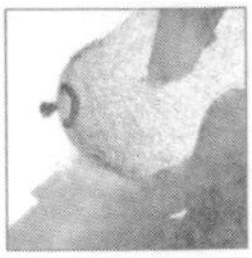

38.8℃

我看著三十吋的LCD液晶螢幕電視。氣象報告說，今年入夏以來的最高溫，出現在今天。客廳窗外的顏色，無法辨別播報員說的數字。我抬頭看變頻冷氣上的螢光數字：二十七。我脫光衣褲，走進浴室泡了一個會流汗的熱水澡。

當整個身體都浸淫在熱水裡時，我想像著「最高溫」。

這一缸水失去溫度的同時，浴室窗外的天空，竟然長出大片的亮藍以及在熱帶小島才會出現的白色雲絮。不，這個浴室並沒有窗戶，那是一張在可能的高度上貼著的天空海報。海報左下角的幾片棕櫚樹葉，讓我醒過來。

我放乾水，擦乾身體，走進臥房。第二台變頻冷氣面板上也閃爍

著：二十七。皮膚並不如預期般刷起大片大片的涼意，再破碎成一粒粒比黑螞蟻還小的冷點。

我光溜溜坐在梳妝台前，從一瓶攀附許多桔梗花圖騰的護膚乳裡，擠出過多的濃稠液體，塗抹在胸前與腹肚。等乳液都收乾、皮膚確實發亮之後，我拿出黑色蕾絲內褲，慢慢地穿上。拉張得過分的布料纖維，緊緊繃著包裹著我的私處。接著，我噴上香奈兒的五號香水。這個香氣，吸引我躺平在床上。

天花板上隱隱約約出現了壁癌。客廳的電視還在運作。沒有對外窗的浴室，持續響著小抽風機的馬達聲。臥房的窗簾不知道什麼時候拉上的，我無法確定外頭的天空顏色。

冷氣標示室內溫度的數字，一直停在二十七，沒有變成二十六或是二十八。

不知為何，那位一直都待在家裡的，妻，又不在這個房子裡了。

我繼續平躺、聞著香水，確定氣象報告說的，今天，已經過去了。

我也不再有機會了解那位播報員強調的「最高溫」，以及他為什麼要對我微笑。

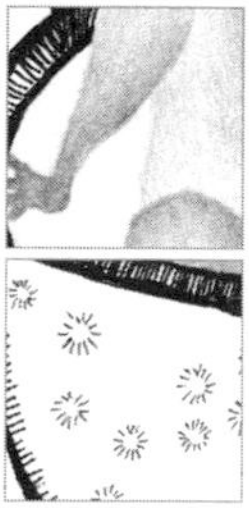

不知所措的MSN

奔馳者：表演完了嗎？

時間的女人：台北場結束了，明天到南部。最近好嗎？

奔馳者：一團混亂。

時間的女人：怎麼說？工作、小說、私生活？

奔馳者：小說停擺了，半年多，都沒有寫出什麼。工作變少話了。每天擔心著會說錯話。在公司一整天，說不到十句。只能安安靜靜看著電腦螢幕。私生活……像一團開始潮溼的棉花。

時間的女人：我的文字也停擺。每天跟不認識的人練習對話。不知道爲什麼笑，就是要笑……另外，我戀愛了。跟一個很熟朋友。

奔馳者：怎麼開始的？

時間的女人：兩個人都需要伴，說好一起試著定下來看看。
奔馳者：妳一直都在談戀愛。
時間的女人：我是。不過老了有差，開始省略一些過程。
奔馳者：別擔心老，妳有別人沒有的。就像妳的個人設定。
時間的女人：我最近慢慢接受，可以活得比別人久，是一種幸福。你要多笑，在有限的生命裡。
奔馳者：我最近有在嘗試笑。有時成功，不過常失敗。
時間的女人：多練習會有幫助。
奔馳者：我需要趕緊學會。
時間的女人：需要練習的對象嗎？
奔馳者：我自己就可以了。
時間的女人：那好。
奔馳者：那……我想我該消失了。
時間的女人：嗯。還有什麼需要幫忙的？
奔馳者：爲我多爭取一些時間。

時間的女人：我剩餘的可以撥一些給你。
奔馳者：那就十分足夠了。
時間的女人：不客氣。那就再見囉。
奔馳者：（這次不說「再見」……）

蚊子

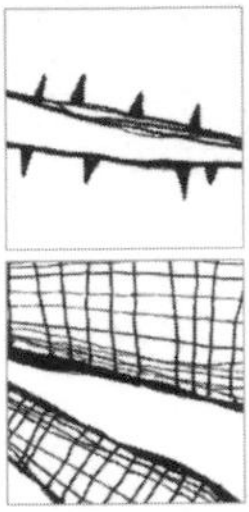

深夜，剛入睡的我感覺手臂上有小蟲子踏足走過，沒一會，難以忍受的癢在皮膚表面散開。我翻手拍向癢處。這一打，擾了睡在一旁的女人，扭動翻身。

床腳咿嘎的響聲剛停，我耳邊又傳來喑喑嗡嗡的飛蟲振翅。

蚊子！我完全清醒。我這一生最厭惡的生物，就是這種白天躲在桌底櫥縫，入夜後才飛出來覓血擾人的飛蟲。喑喑嗡嗡乍停，電風扇呼風吹拂。我小心翼翼掀開薄被下床，一定要把這隻蚊子打死才能入睡。我躡手躡腳輕步移動，觀察氣窗房門，每一道都有防蟲的紗網密密阻擋。

沒有破洞！

我盯著夜光下的陰暗。太暗了，但我不能打開壁燈吊燈。因爲任何光線都會讓她失眠。我從大賣場買的組合衣櫥裡，拉出游泳時擦身用的大浴巾，包裹全身，坐在窗邊，就只露出一顆頭和一截光嫩嫩的手臂。我把剛被叮咬的手臂舉到夜的微亮處，眼睛則藏在陰影裡，眨巴眨巴。嗜嗡嗜嗡！聲音在後腦袋盤旋，飛左飛右。我僵舉著手，一個瘦削頭顱像牛尾巴似的甩扭甩扭，是想把蚊子趕進看得見的視野。振翅聲掠過耳垂，一朵黑毛蒲公英飄升晃落，最後停在手臂上。我怕驚動蚊子，忍住任何細微顫動。蚊子高翹兩隻尾腳，像肉販子亮刀似的上下廝磨。我看得出神，在那兩隻細腳不再抖擻時，難以忍受的癢襲來，皮肉顫了一下，蚊子嗜嗡揚飛。一隻藏在浴巾下的手突地伸抓，這一撲，害椅腳搖出嘎嘎，我像初次行竊的小偷無聲哎呀。我探看那女人，幸好沒有吵醒她。

緩緩張開拳掌，裡頭只有空盪盪的惱怒。我揪眉搔抓手臂，先前被叮咬處，浮腫出一顆肉芽小包，隱隱癢勁，就像近來無法與她完全做愛的事，在皮膚下四竄。我用指甲在小肉包上頭壓出一個十字凹痕。小時候我聽人說，這樣就會消腫了。忍著癢，我再度以浴巾裹身，露出頭與手臂，繼續等待。電風扇吹拂，淺淺涼意透進背部，一陣風兩陣風又一陣風……時間讓眼皮變重，在手臂上注入痠痛，我忍不住落脖子掉頭的坐著打瞌睡。

喑喑嗡嗡！我倏然清醒了，僵著手一動也不動。蚊子繞著手臂飛舞，那舞動羽翼的模樣，讓我緊張。

牠不會知道這是陷阱。我緩緩轉臉察看妻子，並在蚊子飛停在手臂的同時，出手拍打。乾裂裂的聲響清脆，我沒看見任何飛影從黑夜的陰影縫隙隱身。我笑了。鐙卡，一聲電源開關響起，小小的床頭燈巨亮，床上薄被噗噗的掀開，她撐起上半身盯著我。

「有蚊子……」我左手掌還壓在右手臂上，提高給她看。

她瞧瞧手臂，冷冽說：「我可以睡了嗎？我明天還要上班……」

她拉回被毯，關去床頭燈，滾身躺平，呼出長長一股怨嘆。我楞楞落下浴巾，打開手掌，一隻被壓扁的蚊子屍骸黏在皮膚上，旁邊還濺了一灘血。

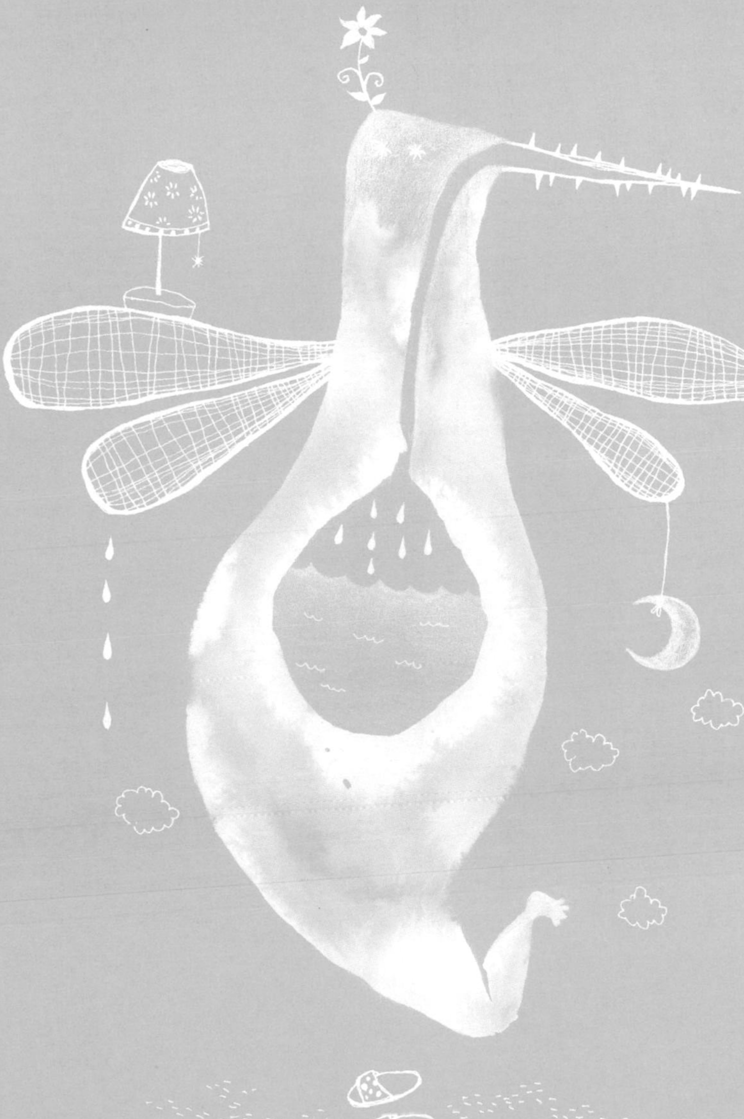

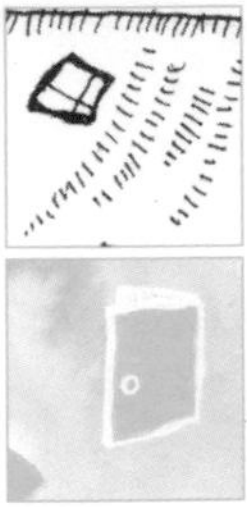

早晨八點鐘前後，床頭邊的鬧鐘會自動抖擻雙腳站起來，發出持續又有力量的警示。它叫我起床的目的，是爲了叫我刷牙。我讓它安定之後，下床，赤裸裸走到衣櫃前，拉出一條由白色染成水藍色的內褲，包住臀部與恥毛與私具。

這個穿內褲的動作，我一直都做得不太順暢，特別是剛睡醒的惺忪時刻。

我走到小廁所，將白綠雙星擠出一截，塗抹在牙刷的塑膠軟毛上，然後開始進進出出的動作。我早晚都會各一次的刷牙，也因爲這樣，我的牙齦會在早上這次刷牙時，發出隱隱的刺痛。通常這時候，我也不太願意正視鏡子裡的自己。沒有特別的理由，只是覺得在執行刷牙動作的人，並不好看。所以，我是忍著不舒服，避免正視鏡子。

刷牙之後，我會先將毛巾泡入冷水，再回到臥房，確定床上的女人依舊在睡夢中。洗臉之後，睏意才眞正消失一些。剩下的那些屬於昨天深夜的，是在尋找確定要穿的牛仔褲與T恤之間，緩慢消失的。消失的包括夢魘，當然，也包含一些我想要從夢裡記住的人事物。

穿上終於決定好的衣物，之後，一切節奏就適於白天了。

我將一大杯冰涼的水，分三到四口飲用。這時，喉嚨醒了，接著出聲的是胃囊。床上的女人，依舊沉睡著。但她從來不曾在我醒著的時候，發出鼾聲。於是我知道接下來的動作，必須輕巧而且快速。也因爲這樣，我通常在前一夜，就會將汽車鑰匙、手錶、皮包與手機，放置在同一個地方——通常都會維持在液晶平面電視的右下角。但通常在過了秋天之後，這個地方便會自動移到臥房的床頭櫃上，直到我發現下一個春天來了。

拿妥那些出門需要帶的小東西，之後，我需要的只是一個背包。

上班時的背包。但空的背包就足夠了。

然後我會確定自己沒有吵醒床上的女人，也因此，我通常不會在這時候吻她的額頭，接著，將臥房門輕輕關鎖，到客廳角落，穿上白色愛迪達或是黑色的帆布鞋。把自己關在這個房屋的外頭。一直都是這樣的，我將自己反鎖在大門外之後，就不會突然又回到這個房子裡。

之後的我，必須離開。接下來，屬於我這個人的一天，也就結束。

形成耗損

我駕駛一輛銀色汽車離開。它屬於另一個女人。行經的路線有新烏路、北宜路，再彎上三號國道。雖然綠色梅花標誌的阿拉伯數字是3，但我們卻稱呼這條高速公路爲二高。這種奇怪的疑惑，一直都存在，但我卻從沒求問。原因大多是害羞。駛上二高往北，我奔馳進入白天的隧道。從新店到南港這段二高路上，有幾個隧道口與隧道尾？這個疑惑，我也一直無法算數。

「當經過的隧道入口與出口超過兩個以上，隧道便失去了名字。每一輛汽車與困在車體裡的駕駛，只是駛入與駛離。有時，連隧道的長度與通過的時間，都會一天比一天模糊……」

這段話，是某位在其中一個隧道中不停徘徊的亡者，偷偷告訴我的。她跟我說的那一天，隧道裡的路面是溼的，但我看不見的外頭並沒有下雨。

就像過去數個月來，我所養成的慣性，汽車自行溜下了標示南港的交流道，拐上要銜接環東大道的連結高架道路。接著，塞車了。

記憶中，這段東西橫向的道路，從沒有發生塞車。但眼前兩線道內所有的汽車都停下來，不，應該說是完全無法向前駛進。不管車體的噴漆是什麼顏色。

我待在靜止的車內，想到擁有另外一輛車的女人。現在，她應該還醒著吧，我想。有那麼幾秒鐘，我突然害怕著「下班之後我便會回家了」。接下來的這一整天，我會越來越害怕這個突然跳出來的念頭。我瞄一眼後視鏡，佔滿視界的那輛銀色汽車，這時也靜止在鏡面裡，失去了引擎聲。

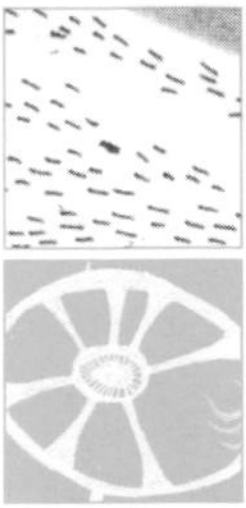

抵達的困惑

噹。電梯在地下室B3亮燈同時，敞開厚厚嘴唇。我像自己咽喉裡那團黏稠的唾液，等待纖毛作用，但抗拒被咳出。沒有人在背後逼趕，但我抵達停車場了。抵達，一直是我無法信賴的字詞。特別是在停車場。這裡裝載著單日最大流量的抵達，而我只是其中一次計次。

這次，和兩分鐘前不同，我走出了電梯。兩秒之後，我只能站在關上的電梯門前，盡力背對著它，並維持挺立站姿。

沒有任何一盞日光燈發出死亡前的吱吱聲音，每一條燈管都呈現飽滿白光，但地下停車場依舊灰暗。開來的汽車就停在左手邊一面水泥牆後頭，引擎蓋依舊停留著燙手的溫度。我不想走往屬於我的停車格，也不想轉身。所以我試著回想幾分鐘之前所發生的。

幾分鐘之前，我停妥車，走入電梯，按下６。電梯一閉嘴，我便按下B3。電梯上升的速度與步行下樓梯相同。當電梯在六樓張開嘴巴時，我張開嘴唇，但沒有人可以跟我說話。那時，一團痰出現在喉管裡。接著，電梯閉嘴，前往B3。電梯下降的速度，這時，竟然比步行上樓梯更為緩慢。

電梯是垂直上下的，但我卻在横向的巨大重複鏡面裡，找到了許多個跟我長得一模一樣的男子。我偷偷注意他們每一個人後腦勺底部的髮尾弧度，左邊右邊、右邊左邊，沒有一處是相似的。然後，我又按下６的按鈕。之後，我確定我又再按了一次B3，而且只有追加這一次。待在電梯裡時，我看過一眼腕錶的時間，剛剛通過十點三十分，沒多久，才想到脖子上掛的那張電子感應卡，還沒有上班的打卡時間。但很慶幸，它已經記錄了我昨天的下班時間。

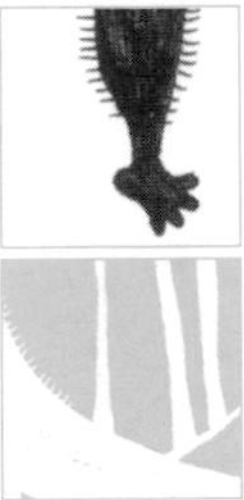

「你好多白頭髮……」

這是我最近常聽到的話。說話的人，有雜誌社的同事、有剛認識的快遞小弟。也有不小心走錯地方卻找到逝世友人的陌生訪客。很奇怪地，都是在電梯裡才聽得見有人這麼對我說，不管電梯裡有多少人、有沒有人。

「你好多白頭髮……」這句話一直困在電梯裡。

我說服自己，電梯是會讓人感到尷尬的空間。加上日光燈的光纖，我的白頭髮，比白皮膚的女人容易親近。

「我父親和我的叔叔伯伯，都有少年白。」

這是我擬妥的回答。一直以來，沒有人懷疑。

我開始爲所有相信我說詞的人，解讀一些與統計學有關的說詞：「染髮劑可能導致癌症」、「白色智慧髮的說法是由一位十八世紀法國小說家所捏造的」、「光頭男人性慾比較強」、「阿格西是因爲白頭髮和禿頭離婚的……」

當這部電梯能夠承載一個人所有記憶的時候，我成了一位有關家族遺傳的學者，而且可以與一同搭電梯的所有乘客，開口說話了。

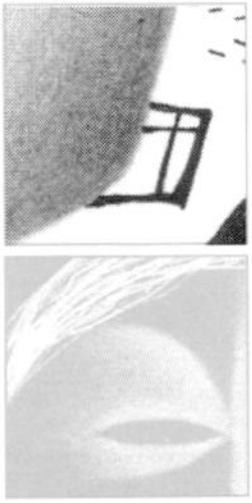

這個名字一直屬於一個女人。

認識這個女人是在前一年才發生的。認識她，跟一個夢有關。夢是從她的穿著開始。那是一襲比青蘋果更溫柔的綠色洋裝。她從一樓樓梯往二樓走。一樓靜悄悄地，聽起來像一座沒有人的美術館；二樓則是時尚雜誌的派對現場。當她通過最高的一格階梯時，派對所有的包廂都下著雨。包括我在內的所有人，開始奔跑，躲避淋溼。但二樓的派對現場並沒有通往一樓的其他路線，所有人只好往她的方向奔跑。

她站在樓梯處，望著穿著奢華與時尚的人們，一位一位走下樓。可能是因爲這位女人的優雅站姿，所有人都放慢了奔走的速度與姿態，並且在經過她身邊的同時，輕聲地說：「最後，只會剩下妳一個人喔。」

遠遠地，我看到她，微笑了。她不以爲意。漸漸地，從天花板上飄落的雨，變得更柔軟更膽怯，但她身上的綠洋裝，還是溼得襯出了她宛如赤裸的軀體。當輪到我經過她時，我再次注意到她的微笑。突然地，她微微傾身對我說：「我知道，現在我們都在一個夢裡頭……」

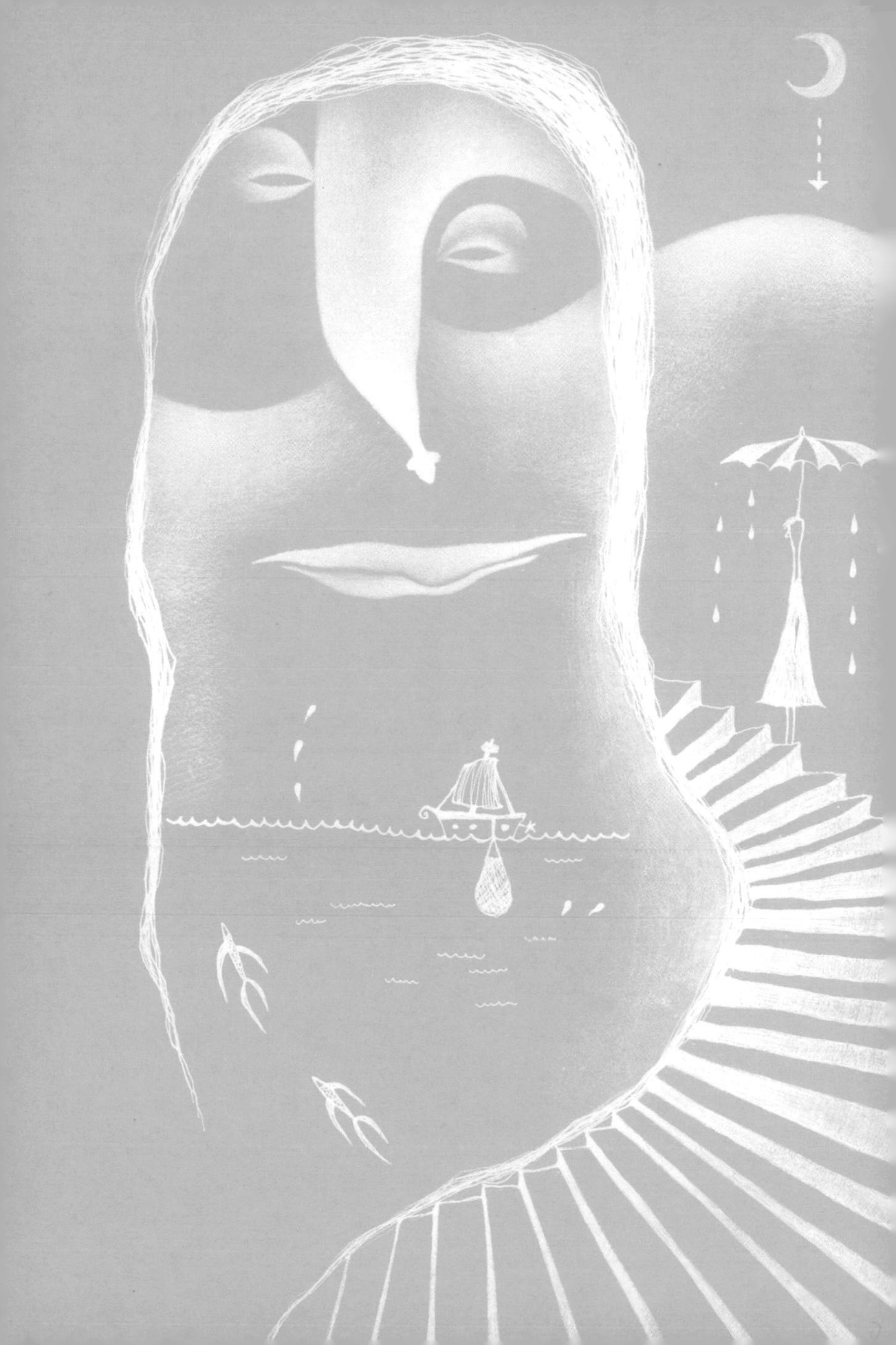

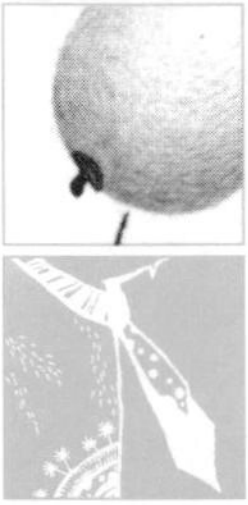

界限

村上春樹的小說，在台北成了一間咖啡廳。

我與妻沒有地方可以去，只好走進《海邊的卡夫卡》這部小說。

小說裡有咖啡飄香，也有咖啡色的方桌擺出西洋棋盤的矩陣路線。

我與妻，剛好坐在界線的兩邊，分別擔任一只不同國度的棋子。我過界了、妻也是，但我們都回頭看對方，以及原來所屬的棋格。村上春樹的這部小說，從我與妻凝視彼此的同時，失去了它原本應該迷人的虛構。

失去了小說，咖啡廳成了眞正的西洋棋盤。

在這塊棋盤上，沒有哪一個棋子有嘴，我與妻也一樣無法開口，爲彼此辯解，或是爲自己說謊。我注意到，從坐定之後，就沒有人使用我與妻來推演棋局。終究，我與妻連說謊的氣力都失去了。我們只能坐在

咖啡色桌子的兩邊，一直到一位美麗的陌生女子，推開咖啡廳的大門。她背著包包、穿著牛仔長裙，從門口以斜線的、彎曲的行進方向，走到我身後的某張桌子。

她破壞了規則。我心底想。

我很想站起身來、走向那位美麗的陌生女人，詢問：「是誰在寫小說？正在對弈的，又是誰呢？」但，我又害怕，一旦我離開原有的位置，才發現這位美麗的陌生女子，根本就不屬於這個咖啡廳，也不是一只棋子，甚至無法在《海邊的卡夫卡》這部小說裡，嗅到任何一絲有關她的氣味。

維持常態的愛

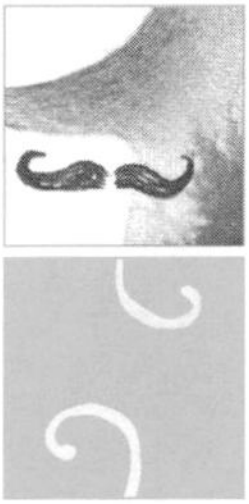

我與妻走在溫州街上。經過一家大陸書店之後，我們就無法再對話了。從圍牆內生長到馬路路面上的黑色樹幹枝葉，幫不上任何的忙。但，它們引來下一路口的一盞日光燈。白色的光纖與深夜十一點多的時間不很協調，也讓騎樓裡佇立著的年輕女人，生出臉部的陰影。她看著我們走向她的方向，靜默地，沒有因爲蟲叫聲移動腳步。整條溫州街就剩下我和妻的腳步聲。我試著再次牽住妻的手指，繼續縮短我們與那位年輕女人的距離。

一輛汽車的車燈，緩緩地拉長了我與妻的影子。妻這時再度放開我的手。這輛小福斯分開我與妻，並早一步靠近那位年輕女人。車子就在那騎樓前方停下來了，年輕女人上前，打開車後座的門。一位綁著長辮子的小女孩滑出了車門，一邊肩膀上側背著大大的背包。

「跟爸爸說再見……」

在車門緊關的碰撞聲之前，我聽得十分清楚，年輕女人說了這句話。然後，小福斯便消失在下一個轉彎。

「妳有聽見她說的嗎……」我開口對妻說話。

妻踩著自己又恢復正常長度的影子，繼續往前走。妻沒有說話，但她的影子稍稍地搖了頭。

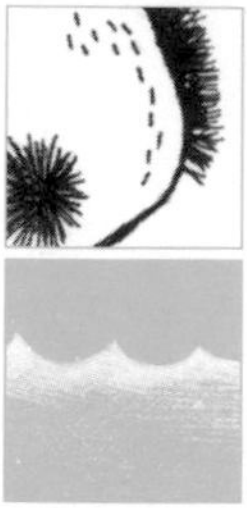

有關死亡的事

當蛾撞上陽台的紗門時，我才注意到已經夜晚了。撞擊的聲音顯示蛾的身軀相當巨大。

我打開燈光，走到陽台之後，蛾變得更大。蟄伏在地面上的牠，沒有展開翅膀，但軀體有我三隻手指併合那麼大。當牠的翅膀展開，應該會遮蓋我整個手掌。這隻蛾，不像葉子、也沒有兇猛的眼睛，現在的牠，像是一個無法再成長的巨嬰，軟綿綿的體表面長滿毛茸茸的短毛。突然地，蛾展開翅膀飛起又撞上落地紗門。紗門綠色的細格子尼龍線之間，長出一些蜘蛛絲，蜘蛛絲裡又生出一些毛屑，但牠依舊是牢固的。

蛾飛撲上去的力氣，比不懂疼痛的小孩更加魯莽。是啊，現在的牠正從陽台的方位看見客廳裡一大片一大片的亮光。牠以垂直姿態攀附在紗門的綠格子網上，偶爾劇烈地拍動翅膀，但沒有引出任何一隻擁有人類五官的蜘蛛。

我輕輕推開紗門，再關上，然後將客廳的燈光熄滅。我再一次走近紗門，蹲下身，看見了漆黑的蛾的漆黑色腹肚。翅膀的背面也是漆黑的。我用指尖重重撣了一次紗網。蛾沒有展開翅膀，彈落在地面。牠展開翅膀讓自己更巨大，拍動幾次，才得以翻身。

我坐回到沙發上。這時，夜晚的形體更加清楚。我聞到了它和牠共有的體味。

電視機是關閉的，熱水器的插頭已經拔除，瓦斯桶也向右旋轉到無法動彈。書房鎖了，客房也上鎖，就只剩下主臥室的門還敞開。這些都是入夜之前就確定做好的事。除此之外，還有什麼事是還沒做的？我試著想著。

我又想到了那隻蛾。

幾分鐘過去了，牠沒有再次撞擊紗門。我將客廳的燈再次打開。夜晚一下子就被隔離到客廳外頭，不過，還是有少部分的它，躲進了沙發與電視櫃的底部。這同時，那聲巨大的撞擊就同時響起。蛾又出現在紗門上，巨大的身軀被切割成一小格一小格。我看著蛾，將吊燈再次關熄，然後坐回到漆黑的沙發，看著紗門上巨大的黑影，想著，有什麼事還沒做呢？

「把門關起來吧……」

漆黑裡，有一個女人的聲音從主臥室裡漂流出來。

憂傷，關於他

他的職責

不知道他的名字，只知道他的工作是穿著褲管手袖都捲起來的髒兮兮衣褲，露出一雙斷手和一隻斷腳，趴臥在人行道上，不停地賣力磕頭磕頭。

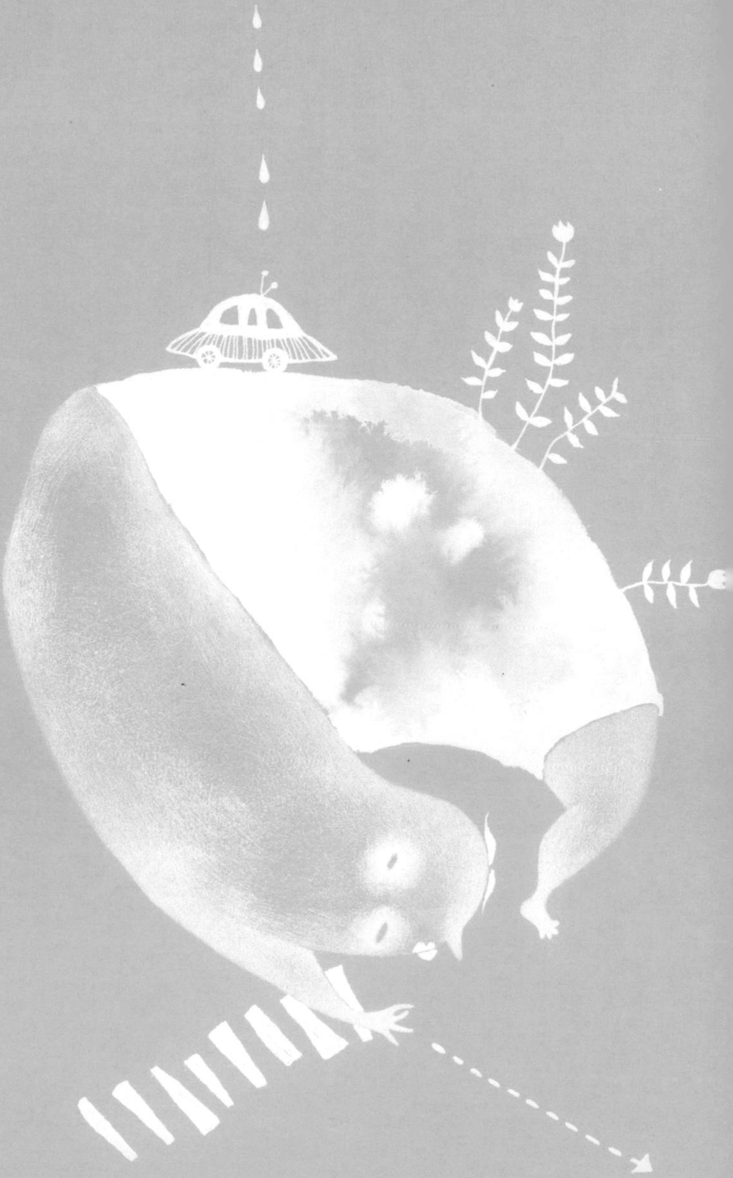

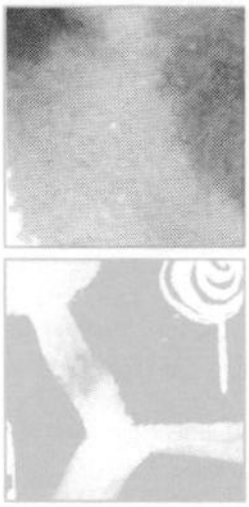

網狀地面

不知道是誰，在什麼時間，用哪種交通工具，把他載到忠孝東路三段這邊的人行道上，搬下他，讓他前伏在地磚上。

人行道裡頭是一所財團法人投資興建的醫院，醫院大門的灰色牆垣上有讓老弱婦孺和殘疾人士撐身體用的鐵製扶手設計。扶手旁邊就是一個用來圍堵車道的鐵欄柵。

他像一坨被蜘蛛絲包裹起來的獵物，黏在鐵欄柵橫杆中間吊著「門前請勿停車」鐵牌子的正下方。

一片一片六角形的瓷磚拼湊出這塊約莫六個榻榻米大小的鵝黃色行道區域。

從他不斷上下磕頭而擺動的眼睛看去，這塊區域不過是由十來片瓷

磚組合出來的蜂巢切片；從行人的眼角看去，這塊人行道區域則像一張網。這張網不只網住他，還有那些在狹小空隙間悠遊穿梭的腳。

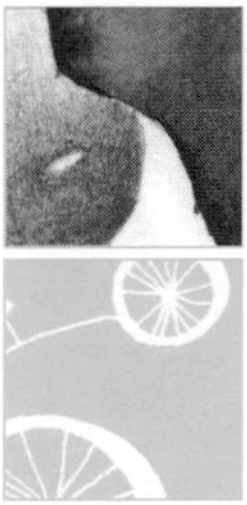

如果他願意抬頭，將欣賞到街路對面一整排掛滿橫條直條招牌的商品店面——有一件二百九十九的平民服飾店、飄蕩著淹鼻濃香的連鎖咖啡廳、一瓶洗面乳叫價七、八百的清潔品小舖和無名氏無法好好坐下來吃一頓的日式拉麵店。

在他身旁三大步外的地方，還開著一間東區花店。

一束一束用透明玻璃紙捲包起來的向日葵、小雛菊和香水百合插立在紅色的垃圾桶裡，等待著想到購買它們美麗外表和香味的路上行人……但，這些一晃眼就被悠閒行人給遺忘在身後的街景，都不是趴在地上猛磕頭的無名氏所能看見的視野。

如同那些利用暑假打工或專門跑警察的流動攤販，他其實卡了一處可以全職經營又不需要躲警察付房租的忠孝東路店面。啊！就在無名氏側目四十五度角的對街上，還有一間東區最有名的麵包蛋糕店……

綠色塑膠盆

忠孝東路上的行人身上都有一個行頭，有人拎著百貨公司的紙袋子，有人提著黑色皮質公事包，更多是看來就很昂貴的名牌包包和從車縫邊也看不出瑕疵的仿冒品。他也有自己在這條街頭賴以爲生或爲此而生的行頭：擺在他緊貼地面額頭前方的綠色塑膠盆。

磕了一天頭，總算一下約莫一仟元左右。如果他努力一點，週末假日都不休息地磕他一個月響頭，應該可以淨賺個三萬多塊，這種曬太陽賣勞力的苦差工，現在雖然不如股市八、九千點時一天可以磕有三、四仟元，但也不輸給大學畢業生的薪資所得。

不管有沒有行人經過，他都會磕頭，當聽見銅板落入塑膠盆的低沉聲響時，他就加快磕頭擺動的速率；當瞄見有人停步在頭前、投下的又

是沒有撞擊聲響的紙鈔時，他猛烈磕頭使勁的力道，在背部頸椎拉出一條又一條的筋腱，如此強健有力……

四雙鞋子

兩個皮膚如麵粉般細膩、身體滿溢著豐腴肉感的年輕女孩從鞋店走出，兩個人的手裡都拎著兩包印有鞋店名稱的方型紙袋，重甸甸地拉垂了她們的四隻細手臂。女孩們快樂地談論著手中的鞋型大小和穿起來的舒適感，最重要的是暗自竊笑能以如此的折扣價格一口氣買到各自的兩雙鞋。

比起她們，少了一截腳的他，就算直立站起來，也不見得能高出頭來。

她們在喜悅中發現了他，表情眞誠美麗，像是看見家門口剛被棄養的花色小野貓。她們停下步伐，認眞討論。女孩們以一種超出她們年紀能有的憐憫，從各自的錢包裡各別抽出一張佰元紙鈔，丟進他的綠色塑膠盆。然後，穿著各自腳上的一雙鞋，拎著兩手上的兩雙鞋，走進另一段商機繁華的名家店舖。

剩一隻腳的他，這一天有一筆基本工資了。

傳染原

一個衣著小公主洋裝的女娃兒被一個挺著緊衣胸脯和緊縛屁股的女人托著後腦勺從騎樓走過地網。女娃兒在他按在地磚上的額頭前停下腳步，仰頭看一眼女人，但女人卻已走到三大步的距離之外。

女娃兒站挺挺等待著女人的注意，當女人發現女娃兒落在後頭時，女娃兒開始像戳氣球般用小手指頭比劃無名氏，半張著嘴咿咿哦哦說著孩童國度的語言。

女人一個箭步、以那種拍去臉上飛蟑螂的速度拉開女娃兒那隻靠近他的細嫩小手，嘶叫著那種煞車皮緊咬輪軸的音頻說：「髒髒！媽媽不是跟妳講過那樣不可以碰嗎？髒髒！聽到沒有？」

不知道是在打手處罰還是在擦拭灰塵，女人猛往女娃兒手心手背拍

拂，那勁力大得好像是在擔心女娃兒的膚肉，會被周遭空氣裡的癬疥黴菌給傳染了。

一個盲人擦身而過

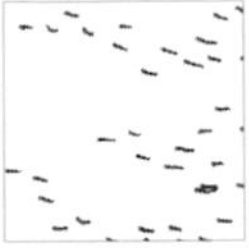

一個繫著老舊霹靂腰包的中年男子拿著那種一甩便可以變成長棍的三折式細拐杖，從醫院的正門跨出左右腳站到電動門外。

那特殊的步伐說明門檻上擺了一張只有他看得到的小板凳。他先用細拐杖的前端丈量出自己身體與牆壁和前頭一個落階地面的距離，才開始向前踏步，左一步右一步，咖啡色的皮鞋膠底幾乎是摩擦著瓷磚地面向前移動。

拐杖的前端則如同蛇口吐出的舌信般，不斷往前頭的水泥地探索。鏘一聲，拐杖碰到了「門前請勿停車」鐵牌子的車道柵欄。

鏘鏘！又敲了兩聲響。在中年男子用拐杖撫摸出鐵製柵欄的外形和高度之後，才緩緩通過鐵製柵欄和牆垣之間的通道。旋即，拐杖的前端點中如四腳四開的熱暑懶狗般趴著的他。

拐杖在他染了機車黑油的鬆緊帶褲頭和單薄背心汗衫上，刺出兩個如同毒蛇牙印般的凹痕，但他沒有知覺，還是活跳跳的蜥蜴斷尾巴般繼續往地面，磕頭磕頭磕頭磕頭。

中年男子連連點頭致歉之後，推推鼻梁上的深黑色瞎子眼鏡又一步步向前行去，跨上一格階梯的人行道，逼近紅綠燈下的機車待轉區。一旁正在斑馬線前的大群行人，用一種看街頭藝人表演默劇的目光欣賞著中年男人的下一步。

忽地，兩個屁股都因爲裙窄而緊繃著的女郎拉住了中年男子，幾點頭之後，女郎們招來一輛計程車，一個扶著中年男子粗壯的小手臂讓他上車，另一個則摸著中年男子的頭像警察押嫌犯上車那樣保護他的頭免於撞傷。

計程車離開之後，女郎們退回到「門前請勿停車」之前的走道上，像大多數的行人，沒留下紙鈔銅板只打量了他一眼，然後繼續往百貨商店方向前去，只是她們兩人的臉上多了滿意的笑容。

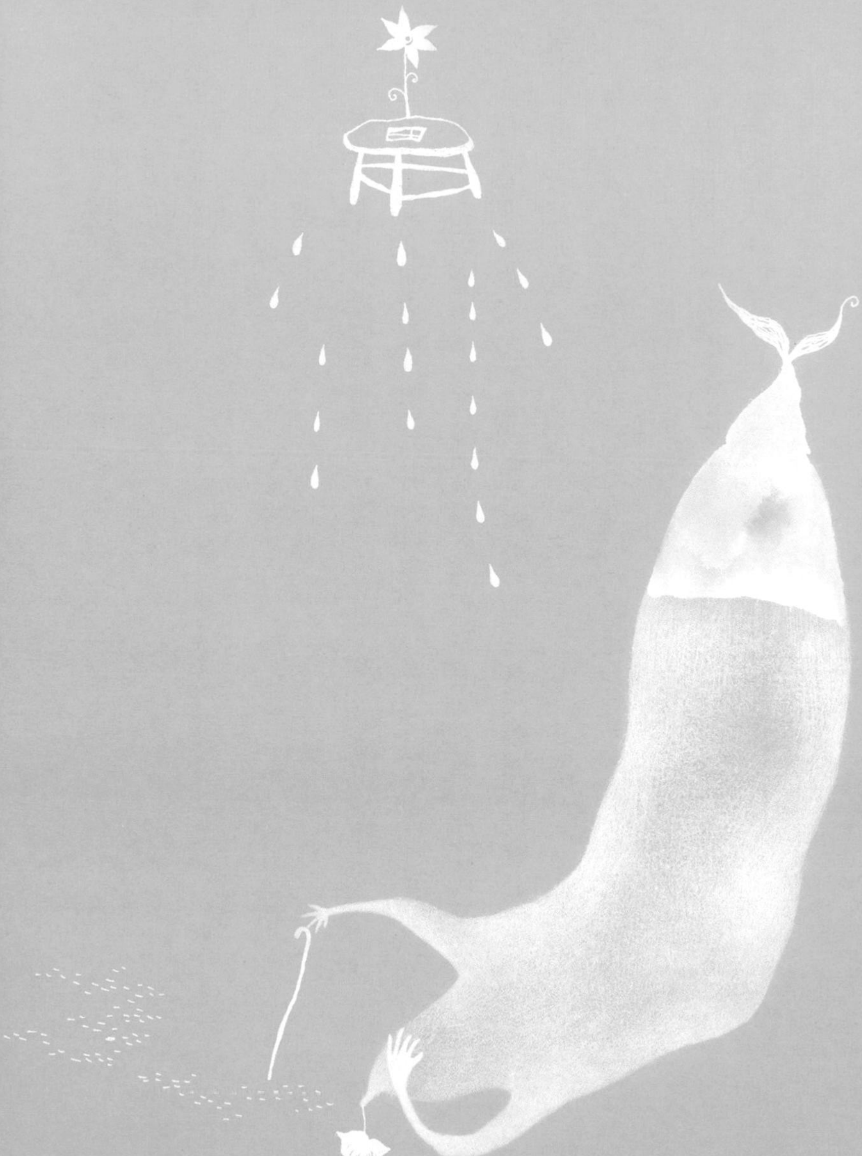

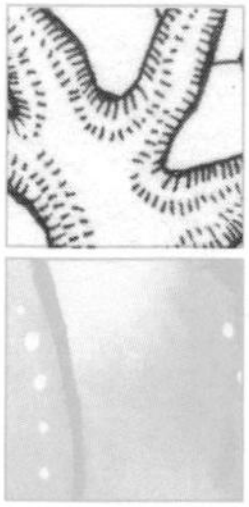

太陽走了一步

七月的台北盆地堆積著滿滿一大碗公倒蓋悶著跑不掉的溽暑。

一堆機車騎士頂著勉強可以用肉眼窺視但還是會咬皮膚的黃色日陽，在車道上忍耐擁擠。在紅燈轉色到綠燈的等待時間裡，會有幾頂罩頭安全帽轉向面對無名氏，直到他們轉動握把催油門離開，只留下一團團漫淹到空中的灰煙。

撐著陽傘的行人像一朵一朵色彩繽紛的蘑菇，從斑馬線走上人行道從他身邊經過。在他們通過「門前請勿停車」的鐵柵欄時，絕大多數的人都會往他靠近。他是一塊有吸引力的磁鐵。但在接近到足以聞到他身體散發的尿與腐肉味道時，大家又紛紛從線的邊緣滑身離去。

太陽也是一樣地走了一步！

原本在他的斷手搆不著的遠處樹蔭，悄悄像隻匍匐接近夜蛾的八腳蜘蛛，抓住了黏在網狀地磚上的他。他的雙腳一隻從膝蓋下方截斷，另一隻則像扭彎的湯匙般瘸了，這讓他逃不開蔭涼。

午後雷陣雨

午後三點，天幕的臉色變得很快，地下捷運出入口旁開始鬱悶起來，空氣繁殖出一種會令皮膚長出溼黏汗漬的溼度。行人們揪著眉睫、擦拭脖子和後頸溼漉漉的油脂，每一張臉肉上都積著無處宣洩的皺紋。

大家都在試著忍耐這樣的天氣。

趴在地上磕頭的他，沒有手可以擦汗。面額聲低的他，偷偷抬起下巴也僅能面對的是一塊供殘障人士上下的輪椅斜坡道。在這樣的高度角度上，看不到他臉上是不是也在抱怨這個城市。但從斷手傷疤處和只有一隻的腳踝顏色看來，他大腿內側、腋窩和那些看不到的黝黑皮膚上，應該還黏著更多黑色垢斑，需要被毛刷搓洗。

會吵醒熟睡嬰兒的遠處悶雷轟隆隆地響起，第一批雨滴開始在灰色馬路上加染深黑色圓點，一群在他頭前步行的路人紛紛逃到騎樓，另一群路人則撐起雨傘罩住身體。他骯髒的上衣和褲襠也被雨滴加了顏色。濡溼的速度比他可以爬行移動的速度還要快一些。慢慢地，襯衫印出了底衣的溼痕，褲管頭緊黏在他被截肢的膝蓋背窩上，他像一隻被鏈條拴在空曠地上的狗，打著雨，但沒有哀號。

他仰起上半身，一隻斷手撐著地面，另一隻斷手則像隻蟾蜍獵捕蚊子的舌頭，迅速將裝著錢幣的綠色塑膠盆挖進自己的身軀，用胸部當傘保護著。雨勢越來越大，躲在騎樓裡的行人祈著天，也望著他。

一些撐著傘的路人，在經過「門前請勿停車」時，會特別走近他，擋去幾秒鐘的雨水。等在斑馬線前的行人漸漸堆積成蘑菇群，一位前額半禿、後髮全白的老人家，撐著一把五色大傘移腳靠近他身旁，讓他大半身體都免於雨擊。

但，有路人在猜，他其實是需要雨水的。

一個綠燈過去，轉色紅燈，斑馬線旁的人行穿越燈開始讀秒，七十九、七十八……三十五、三十四……三、二、一。在紅色的人行禁止燈

轉成綠色的行走人形燈之後，老人家尾隨在人群末端，步上斑馬線，留下了他。

這時，綠燈讀秒又重新開始了。

午後七點三十分

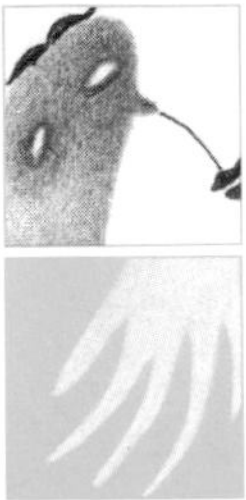

夜晚從大廈的樓頂淹出盆子，水般地流入街道。原本和空氣一樣多的光亮，漸漸被白色騎樓燈、黃路燈和東區的霓虹招標給取代。路上的行人數量比白天多得多。女人都變成了一群鳳蝶，穿著時尚雜誌上規定的制式裝扮，在人行道和名牌店鋪裡飄然飛動。這些女人中，有一些在白天時就經過他頭前，午後七點三十分時，又再看了一眼他趴著時的後腦勺。

他一直穿著一樣的服裝。這件事，男人們都知道。

入夜後的東區人群，都比白天更加忙碌，忙著在咖啡廳裡計畫深夜的行程和明天的計畫。在騎樓燈的照映下，這些行人的五官比白天更清楚了。

繼續堅持著夜間工作的他也是如此。

入夜之後，他不再以白天的速度磕頭，在逛街人潮最洶湧的時候，他開始蠕動身體，做舒緩筋骨的動作。路人永遠都無法確定，是不是因爲夜晚，他仰頭起來探視周遭的次數變多了。

後記

等待憂傷的共鳴

下午剛起步的時刻，老畫家打了一通電話給年輕作家，請他到畫室。掛落電話筒，老畫家想到忘記説明原因。他看出窗外，注意到月亮出現在藍色的天空。那一球灰白色，剛好被斑爛生鏽的綠色鐵窗格子給框住了。這時，老畫家怎麼也想不起來，究竟是為了什麼事，要請年輕作家過來一趟。

五分鐘之間，年輕作家便換穿上牛仔褲，關鎖小公寓的門，下樓穿過一條街，走過十字路口的兩個紅綠燈，來到了畫室。畫室的門，一直都沒有上鎖過，而年輕作家推開門的力道，比平時來這裡學習畫畫的學生都來得大些。

當年輕作家走進畫室的最後一個房間，老畫家剛把一塊乳白色的畫布，放上畫架。一雙有皺皮微微顫抖的手，打開一罐罐油顏料。它們像是一根根燃燒得只剩下一截基底的蠟燭，在杯緣堆積著凝固的眼淚。老畫家左手抓著兩枝粗細不同的畫筆，右手那枝畫筆有最寬的毛刷。

老畫家閉上眼睛，站在畫布前頭，說：「可以開始了。」

年輕作家走上前，把小桌檯上的顏料罐，隨機任意地更換放置點，然後回應，「好了。不一樣了。」

雙眼緊閉的老畫家將畫筆插向那堆顏料罐。筆尖毛刷栽入一個紅色罐口，同時間就湧出少許的新鮮眼淚。

「這是藍色。」老畫家說著，將畫筆刷上畫布，像是塗像是抹。接著，又將畫筆栽入紅色旁邊的黃色，又說了一次，「這是藍色。」便又繼續在畫布上塗抹。年輕作家站在老畫家身後，看著老畫家將不同粗細的畫筆，插入白色、黑色、藍色、綠色等等不同的顏料罐：也看著不同的顏料罐湧出不同顏色的眼淚。老畫家每蘸一次顏料，就會說——這是綠色。這是黃色。這是黑色。這是紅色……直到整塊畫布都被填上顏料。

「還有空白的地方嗎？」老畫家問。

「沒有了。」

「這次……你看到什麼？」

年輕作家看著充滿顏料的畫布，許久之後，他才開口，「跟以前一樣，只有顏料。」

「除了顏料，沒有別的？」

「嗯，沒有別的了。」

這時，老畫家終於想起打電話的原因了。他放下手中的畫筆，「沒有別的……那就好了。」

老畫家走到畫架後頭，撐著駝背緩慢地坐落沙發。這時，他才把閉著的眼睛睜開，一動也不動地，看著窗外。年輕作家也看出窗外，他也看見那球掛在藍色天空裡的灰白色月亮。接著，他看一眼腕錶，確定老畫家沒有打算繼續作畫，便從桌檯上的老舊皮夾裡，抽出一張百元鈔票，塞入褲袋，然後轉身走出畫室。

國家圖書館預行編目資料

一公克的憂傷／高翊峰著. -- 初版. -- 臺北市：寶瓶文化, 2007 [民96]
面； 公分. --(island；84)

ISBN 978-986-7282-97-2 (平裝)

855 96011450

island 084

一公克的憂傷

作者／高翊峰　圖／漂流木馬雲童話

發行人／張寶琴
社長兼總編輯／朱亞君
主編／張純玲
編輯／羅時清
外文主編／簡伊玲
美術主編／林慧雯
校對／張純玲・陳佩伶・余素維・高翊峰
企劃主任／蘇靜玲
業務經理／盧金城
財務主任／趙玉雯　業務助理／林裕翔
出版者／寶瓶文化事業有限公司
地址／台北市110信義區基隆路一段180號8樓
電話／(02)27463955　傳真／(02)27495072
郵政劃撥／19446403　寶瓶文化事業有限公司
印刷廠／世和印製企業有限公司
總經銷／聯經出版事業公司
地址／台北縣汐止市大同路一段367號三樓　電話／(02)26422629
E-mail／aquarius@udngroup.com

著作完成日期／二〇〇七年一月
初版一刷日期／二〇〇七年七月十六日
ISBN／978-986-7282-97-2
定價／二五〇元

AQUARIUS 寶瓶文化事業

愛書人卡

感謝您熱心的為我們填寫，
對您的意見，我們會認真的加以參考，
希望寶瓶文化推出的每一本書，都能得到您的肯定與永遠的支持。

系列：I084　書名：一公克的憂傷

1. 姓名：＿＿＿＿＿＿　性別：□男　□女

2. 生日：＿＿年＿＿月＿＿日

3. 教育程度：□大學以上　□大學　□專科　□高中、高職　□高中職以下

4. 職業：＿＿＿＿＿＿

5. 聯絡地址：＿＿＿＿＿＿＿＿＿＿＿＿

   聯絡電話：(日)＿＿＿＿＿＿(夜)＿＿＿＿＿＿

   (手機)＿＿＿＿＿＿

6. E-mail信箱：＿＿＿＿＿＿＿＿

7. 購買日期：＿年＿月＿日

8. 您得知本書的管道：□報紙／雜誌　□電視／電台　□親友介紹　□逛書店　□網路　□傳單／海報　□廣告　□其他

9. 您在哪裡買到本書：□書店，店名＿＿＿＿＿　□劃撥　□現場活動　□贈書　□網路購書，網站名稱：＿＿＿＿＿　□其他＿＿＿＿＿

10. 對本書的建議：(請填代號　1. 滿意　2. 尚可　3. 再改進，請提供意見)

    內容：＿＿＿＿＿＿＿＿

    封面：＿＿＿＿＿＿＿＿

    編排：＿＿＿＿＿＿＿＿

    其他：＿＿＿＿＿＿＿＿

    綜合意見：＿＿＿＿＿＿＿＿＿＿＿＿

11. 希望我們未來出版哪一類的書籍：＿＿＿＿＿＿＿＿

讓文字與書寫的聲音大鳴大放

寶瓶文化事業有限公司

廣　告　回　函
北區郵政管理局登記
證北台字15345號
免貼郵票

寶瓶文化事業有限公司　收

110台北市信義區基隆路一段180號8樓

8F,180 KEELUNG RD.,SEC.1,

TAIPEI,(110)TAIWAN R.O.C.

（請沿虛線對折後寄回，謝謝）